伝説

新・剣客太平記 十

岡本さとる

時代小説文庫

角川春樹事務所

目次

主な登場人物紹介

峡竜蔵《はざまりゅうぞう》◆直心影流の道場師範を全うしながらも、若き頃からの暴れ者の気性が残る熱き剣客。

綾《あや》◆竜蔵の亡き兄弟子の娘で、幼い頃からの道場での妹分。現在は竜蔵の妻。

竹中庄太夫《たけなかしょうだゆう》◆筆と算盤《そろばん》を得意とする竜蔵の一番弟子であり、峡道場の執政を務める。

網結の半次《あみすきのはんじ》◆竜蔵の三番弟子。目明かしならではの勘を持ち合わせている。

国分の猿三《こくぶのえんぞう》◆竜蔵の十二番弟子。半次の乾分《こぶん》。

清兵衛《せいべえ》◆芝神明の見世物小屋〝濱清《はませい》〟の主。芝界隈の香具師《やし》の元締。

佐原信濃守康秀《さはらしなののかみやすひで》◆大目付。竜蔵に厚い信頼を寄せる。

お才《さい》◆竜蔵の昔馴染み。信濃守の娘。常磐津の師匠として大坂で暮らす。

眞壁清十郎《まかべせいじゅうろう》◆竜蔵の親友。かつて信濃守の側用人であったが、お才を追って大坂で暮らす。

伝説 新・剣客太平記（十）

第一話　なさぬ仲

一

「庄《しょう》さん、それで何枚目になるかな」

道場の掛札を新たに拵《こしら》えている竹中庄太夫《たけなかしょうだゆう》に、竜蔵《りゅうぞう》はしみじみとした口調で言った。

「はい、五十八枚目になります」

庄太夫は、実に嬉《うれ》しそうに応《こた》えると、持ち前の達筆な字で、〝峡鹿之助《はざましかのすけ》〟と認《したた》めた。

直心影流《じきしんかげ》・峡竜蔵道場も、このところまた急激に弟子の数が増えていた。

門人といえば、竜蔵より十四歳も上の竹中庄太夫一人だけであった頃《ころ》を思えば、真《まこと》に夢のごとき心地がして、竜蔵はしばしその掛札を眺めていた。

五十八枚目の弟子は、竜蔵の息子・鹿之助であった。

鹿之助が小癪《こしゃく》にも、

「父うえ。鹿之助を弟子として、かけふだにお加えくださりませ」

と、願った時は、

「弟子？　掛札？　十年早《はえ》えや……」

まるで相手にしなかった竜蔵であるが、庄太夫を始めとする高弟《こうてい》達が取りなすので、渋々《しぶしぶ》認めたのである。

鹿之助にしてみれば、この三田《みた》二丁目の道場にあって、男で掛札に名を連ねていないのは自分だけであるから、何ともそれが寂しかったのであろう。

とはいえ、まだ七歳であるのに、そのような気持ちになるのは、鹿之助にも自我《じが》が生まれてきたわけで、

「まず、そこのところは認めてやってくださりませ」

妻の綾《あや》にそう言われると、

「なるほど。それもそうだな」

とどのつまりは、納得せざるをえなかった。

弟子達が取りなす裏には、綾の想《おも》いが反映されていた。

竜蔵も綾も、鹿之助には武士の心得として、武芸を学ばせてきたが、彼が剣客としてこの先生きていくかどうかは、鹿之助が大人になった時に、自分で考えさせればよいと思っている。

ただ、今は正式に峡竜蔵に入門したいという意思が芽生《めば》えたのならば、その想いを大事にしてやるべきだと、綾は考えていた。

そして、鹿之助が門人となれば、竜蔵の峡道場への想いも、今よりも尚《なお》強いものになるであろう。

このところの竜蔵は、これまで直心影流の暴れ者、異端児と目されてきたのが嘘《うそ》のように、師範達からも彼の剣に対する研鑽《けんさん》が高く評価され始めている。

亡父・虎蔵《とらぞう》の放浪癖と暴れ癖を、未《いま》だに持ち合わせている峡竜蔵である。

それがまた、堪《たま》らぬ魅力なのだが、妻としては子供も七歳にもなれば、もう少し落ち着いてもらいたいところである。

竜蔵も既《すで》に四十二歳になる。俠気《きょうき》はそれとして持ち合わせつつ、大暴れは若い連中に任せておけばよいのだ。

――綾の奴《やつ》、巧みにおれの外堀を埋《う》めていきやがる。

竜蔵とて、それなりに分別もついて、妻の考えが読めるようになっているから、今度の鹿之助の入門には苦笑いを禁じえなかったのだが、

――まず、それも幸せと思わねばなるまい。

と、納得はしている。

その日、竜蔵は朝の稽古《けいこ》を終え、我が子の掛札が壁に加えられるのを見届けると、

「鹿之助、この上はしっかりと励めよ」

喜ぶ鹿之助を、目を細めつつ戒《いまし》めた後、本所亀沢町《ほんじょかめざわちょう》へと出かけた。

行き先は、直心影流第十二代的伝《てきでん》で、今や押しも押されもせぬ剣術師範となった、団野《だんの》源之進《げんのしん》の道場であった。

「月に一、二度は、稽古に顔を出してくれたらありがたい」

竜蔵は、この名剣士にそう言われているのである。

源之進は、竹刀を真剣のごとく振るう竜蔵の剣技に共感を覚え、高く評価している。

老師範の中には、未だに、

「峡竜蔵は、確かに強いが、その剣には品性がない……」

などと評する者もいる。

しかし、源之進はそのような意見は、

「理論ばかりで、実力が伴わぬまがい者が、いかにも言いそうなことだ。ああいう類《たぐい》は、己の弱さをわかったような言葉で飾《かざ》り立てて、身を守っているのだ」

と、聞く耳を持たなかった。

「剣を極めて、それを武士に伝えていく役目は、なかなかに難しい。時には腕ずくで、

若造に理《ことわり》を説かねばならない。そう考えると、峡竜蔵のような押し出しも持ち合わせておらねばならぬのだ」

と、彼は日頃語っている。

先日来、公儀に武芸修練所開設の動きがあり、源之進はその師範を請《こ》われたのであるが、多忙を理由に断り、代わりに峡竜蔵の名を挙げていた。

「竜蔵殿とて、何かと忙しい身であろうゆえ、たってとは言わぬが悪い話ではない。追い追い開設についての動きが某《それがし》の耳に入ってこよう。時にそれをおぬしに伝えて、意見を聞かせてもらいたいのだ」

源之進は、その想いがあって、竜蔵に月、一、二度は顔を出してもらいたいと、声をかけてくれているのだ。

それほどまでに自分を買ってくれている源之進の言葉に従わぬわけにはいかなかった。

何といっても、竜蔵にとって、団野源之進は若い頃から憧《あこが》れの存在であった。

しかし、公儀武芸修練所などという大層なところで、自分に師範など務まるのであろうか。

四十二歳ともなれば、もう立派な剣術師範といえるだろうが、見ようによってはまだまだ若造であるような気がする。

剣で後れをとるとは思えぬが、

「団野先生、わたしのような者を送り出されては、先生の御名に傷がつくやもしれませぬぞ……」

ついそんな言葉が出てしまうのである。

元より源之進も、そんな竜蔵の気性はよく心得ている。

どうせ、今はまだ武芸修練所の計画も半ばである。

その間に竜蔵を道場に招き、あれこれ剣について語り合い、その緊張をほぐしておこうと考えていたのである。

この日も稽古場で、美しい源之進の太刀筋をまのあたりにして、

「やはり正統こそが強さへの近道だ」

と、思い知らされた後、

「竜蔵殿、この世には、とかくわかったような理屈を言い立てて師範面をする者のなんと多いことか。能書きを並べる前に、まず稽古あるのみではないか。おぬしにはそれがよくわかっているはずだ」

「いかにも、まったくもって同感にござりまする」

「であろう。それゆえ、公儀武芸修練所の師範には、おぬしが相応《ふさわ》しいと思うのだよ」

「さてそれは……」

「公儀の修練所となれば、どこよりも強い者が集う武芸場でなければならぬはず。理屈を持ち込む者がその師範となれば、天下国家のためにはなるまい。たちまち体裁や権威ばかりが先に立ち、仏を造ったものの魂《たましい》が入らぬ、そのようなことになりかねぬ。そこを考えねばならぬとは思わぬか」

「仰《おお》せの通りにて……」

このように熱い想いを伝えられ、語り合うと、何やら憂国《ゆうこく》の士になった感がして、己《おの》が身に値打ちが付いたような、実によい心地がするのである。

思えば数少ない剣友の一人である桑野益五郎《くわのますごろう》は、長く不遇の時代を経て、今は直心影流にあって確かな地位を築いている。

源之進の師であり、竜蔵の亡師・藤川弥司郎右衛門《ふじかわやじろうえもん》の高弟であった赤石郡司兵衛《あかいしぐんじべえ》も幕臣の与力となり、浅草《あさくさ》に道場を移し、名伯楽の名をほしいままにしている。

竜蔵が三田二丁目に道場を開き独立した時は、まだ子供であった弥司郎右衛門の孫・弥八郎《やはちろう》、鵬八郎《ほうはちろう》兄弟も立派に成人し、藤川道場を受け継《つ》いでいる。

藤川道場では同門で、若い頃はいがみ合ってばかりいた沢村直人《さわむらなおと》も、剣の道からは退いたが、家業の医師を受け継ぎ、長崎帰りの名医・直斎《じきさい》として名を馳《は》せている。

それを思うと自分も負けてはいられない。

公儀武芸修練所の師範となれば、剣客としての人生に立派な花を咲かせたことになる。

「いつもながらのありがたいお言葉。真に忝《かたじけの》うござりまする……」

竜蔵は、源之進とあれこれ語り合うと、厚意に謝し、

「さりながら、武芸修練所の一件はまだまだこれからの話と心得ております。時が熟せば、また詳しいことをお教えくださりませ」

そこは竜蔵らしく、出世話に浮かれることなく、充実の稽古をすませて亀沢町を後にしたのである。

二

その翌日は、大目付・佐原信濃守《さはらしなののかみ》邸での出稽古であった。

この十数年の間、信濃守は、峡竜蔵をひたすら贔屓《ひいき》にしてきたわけだが、それは今も変わらない。

稽古がすむと、竜蔵を自室へ呼び、くだけた調子で酒を酌み交わすのを何よりの楽しみとしていた。

その日も、側用人の猫田犬之助《ねこたけんのすけ》を相伴させて、

「いや、先生が世に認められて、嬉しいやらほっとするやらで、こちらも忙しい」

つくづくと喜んでくれたものだ。

「先生は、それを窮屈《きゅうくつ》だと思っているかもしれぬが、世に出るということは、そういうものだ。まず天命と思ってかかるのだな」

信濃守は、長年大目付として多忙な日々を送る身になぞらえて笑ってみせた。

信濃守とて、若い頃は市井に遊び、町の女との間に子を生《な》した過去もある。

その子が、常磐津《ときわず》の師匠となり、竜蔵の妹分として、彼に喧嘩《けんか》の仲裁《ちゅうさい》という内職を世話してくれたお才《さい》であるのだが、

「おれももういい歳《とし》だ。さっさと隠居して、忍びで大坂にでも遊びに行きたいものだがなあ」

時折、そんな話をして溜息《ためいき》をつくのは、今は大坂で暮らす娘に一目会いたいとの思いからであろう。

そういえば、親友となった猫田犬之助の前に、信濃守の側用人を務めていた眞壁清《まかべせい》

十郎《じゅうろう》はどうしているだろうか。

お才が大坂へ行くに当って、信濃守の内意を読んで、佐原家を離れた清十郎は、自らも大坂へ出てお才を見守っている。

彼もまた、竜蔵の数少ない親友の一人であったが、信濃守へは折を見て、大坂におけるお才の様子を伝えているものの、もう長い間竜蔵とは音信が途絶えている。

竜蔵には、清十郎の想いが手に取るようにわかる。

あれこれ伝えて、竜蔵がふらりと大坂に出てくるようなことがあってはいけないと、彼なりに考えているのに違いない。

峡竜蔵が、剣客として名を成し、妻子を得て立派に暮らしているのならば、惚《ほ》れ合っていながら互いの立場を大事にして別れていったお才の影は散らつかせない方がよい。

会いたくとも容易《たやす》くは会えぬ相手も出てくる。それが世に出ることなのだと、信濃守は竜蔵に告げているのであろうか。

色々な不便を乗り越えて、世の求めに応じて己が天分を発揮するのが、男の本懐《ほんかい》である。

それは竜蔵にもわかる。何よりも、己が天分を生かし、己が目指すことが世に求められる男がどれだけいるであろう。

旗本五千石の殿様にして、時の重職に就いている信濃守の御前に召され、

「先生」

と呼ばれ、屋敷を辞して三田二丁目の道場に戻ると、大勢の弟子が教えを乞《こ》い、この日は稽古場の縁に出て、八月十五夜の月を愛《め》でる。

このような行事を仕切らせると、今も竹中庄太夫はそつがない。

月明かりを損わぬように、庭の灯は小さく収めて、近隣の住民も順次招き、峡道場をこの界隈《かいわい》では知らぬ者がないくらいの名所として高める計画遂行にも余念がない。

「庄さん、庄さんはこの道場に来て、よかったのかねえ」

竜蔵は、当り前のように庄太夫を頼ってきたたし、この十数年の間に、蚊蜻蛉《かとんぼ》のごとく弱々しき浪人者であった庄太夫は、峡道場の執政として、その名を知られるようになっていた。

「ははは、先生、それは言わずもがなのことでございまする。わたしは、もういつ死んだとて悔いはないと、心から思うておりまするゆえ……」

庄太夫は、思った通りの応えを返したが、竜蔵は問わずにはいられなかった。

庄太夫が、誰《だれ》もいないこの道場を訪ねて来て、峡竜蔵に見た夢は何だったのだろう。

今の峡竜蔵は、それなりに功成り名遂げただけに、かえって、

――これでよかったのか。

と、思ってしまう。

綾も鹿之助も弟子達も、皆一様に満足そうな顔をしている。

しかし、庄太夫の次に門を叩《たた》いた、実質的な札頭である神森新吾《かみもりしんご》は、この場にはいなかった。

新吾も先頃神森家の家督《かとく》を継ぎ、微禄《びろく》ながらも徳川《とくがわ》家直参となった。

夜は出来るだけ屋敷に戻り、当主としての務めを果さねばならないのである。

それもまた、峡道場の夢の完成のひとつなのであろうか。

――確かにおれは立派になった。

この数日の暮らしぶりを見ても、一流の剣客のそれといえよう。

未だに本所出村町《でむらちよう》の学問所に住み、私塾の手伝いをしながら暮らす母・志津《しづ》も、先日訪ねた折は、

「貴方《あなた》は、あの峡虎蔵と、この母の子にしては、上できでございますよ。もう言うことは何もありません。立派な息子を持つ喜び、孫を持てた喜び、そして尚、気儘《きまま》に暮らさせてもらえる喜び……。わたしは、もういつ死んだとて本望です」

つくづくと感じ入ってくれた。

そして、庄太夫と同じく、いつ死んだとてよいらしい。

――そう次々と死なれては、堪ったものではない。

いくら人が立派と思ってくれても、自分なりに納得がいっても、体の奥底にある峡竜蔵という男は、まだまだ稚気《ちき》に充《み》ちた半人前なのだ。

その想いがある限り、竜蔵の体を流れる血は、時として淀《よど》んだり、熱く湧《わ》き立ったりするのであった。

三

それから半月ばかりが経《た》ったある日のこと。

峡竜蔵は、本所回向院《えこういん》裏の路地で、自分と同じ四十絡みの男が、三人の遊び人風の男達ともめている様子を目にして立ち止まった。

その日もまた、亀沢町に団野源之進を訪ねての帰り道で、先日と同じく、

「わたしに、公儀武芸修練所の師範など務まるのでしょうか」

などと源之進に不安を訴え、これを先日のごとく見事に諭されて、

――これも天命である。

と、己を鼓舞していたのだが、そこはやはり喧嘩好きの血が騒ぎ、こういう騒ぎに出合うとつい見入ってしまう。

「あれは助七《すけしち》じゃあねえか」

すると、男が昔馴染《むかしなじみ》であることに気付いた。

「好《い》い歳をして、あの野郎は何をしてやがるんだ」

竜蔵は、何やら楽しくなってきた。

ついさっきまで、一流の剣術師範はいかにあるべきかなどと、固い話をしていただけに、

「おう、おれを脅そうったって無駄だぜ。おれは手前《てめえ》らみてえな三下《さんした》は、何も恐くはねえんだよう」

助七が、若い連中を相手に、一歩も引かぬ気構えを見せている姿が、馬鹿《ばか》馬鹿しくも心地よく映ったのだ。

「助七、久しぶりだなあ」

気がつくと、竜蔵は、その輪に割って入っていた。

竜蔵の威風は、すれ違っただけでも人を圧するものがある。

三人の遊び人風は、このおやじをすぐにでもたたんでやると息巻いていたのが、急

に大人しくなって、

「旦那《だんな》のお知り合いですかい？」

兄貴格の一人が、媚《こ》びるように言ったものだ。

「ああ、おれの幼馴染《おさななじみ》でなあ。こいつがどうかしたかい？」

にこやかに問う竜蔵の眼光《がんこう》の鋭さが、

――この武家は、ただ者じゃあねえぞ。

さらに三人を恐れさせ、

「旦那、勘弁してくだせえよ。このお知り合いってえのが、いきなり、〝お峰《みね》をどこへやりやがった〟て、絡んできたんですよ」

と、泣きごとを言わしめた。

助七なる昔馴染は、いきなり現れた竜蔵の姿に、言葉も出ずに目をぱちくりとさせている。

竜蔵は、助七ににこりと頬笑《ほほえ》むと、

「お前達は、そう言われても何のことかわからねえんだな」

今度は、三人に真顔を向けた。返答次第では、その首は胴についておらぬぞ、という迫力が、その声に込められていた。

喧嘩無敵と言われた峡竜蔵ならではの、呼吸であった。

「まず、お峰って名を知らねえんですよ」

「そりゃあ、この辺りをうろついている娘達と言葉をかわすことはありやすが……」

「いきなり、どこへやったと言われやしてもねえ」

三人は口々に訴えた。

竜蔵には、その言葉に嘘はないと思えた。

「そうかい、そいつはすまなかったな。お峰ってえのは、この男の大事な娘でなあ。娘かわいさに、ちょっと姿が見えねえと、お前らみてえな色男は、皆人さらいに見えるってわけだ。何か気が付いたことがあったら、教えてくんな。おれは、三田二丁目で剣術道場を構えている峡竜蔵ってもんだ」

こう言われると、三人はすっかり恐縮してしまい、

「へ、へい、承知いたしやした」

「その、売り言葉に買い言葉ってやつで、ちょいとむきになっちまいました」

「まあ、小父《おじ》さん、許してやっておくんなせえ」

と、逃げるようにその場を立ち去ったのであった。

「竜さん……」

夢から醒《さ》めたように、助七は竜蔵を見つめながら、

「やっぱり竜さんだ」

と、泣きそうな声を発した。

通りすがりの者達は皆、関《かか》わり合いを恐れて知らぬふりをして去って行ったので、

「助七、お前の娘がどうかしたのかい？」

竜蔵は、はっきりとした声音で問いかけた。

「へい。それが……」

助七は口ごもった。

「遠慮はいらねえから言ってみろ」

竜蔵は、やさしく肩を叩いてやった。それに気持ちが落ち着いたか、

「いきなり、姿を消しちまったんですよ」

助七は吐き出すように言った。

竜蔵と助七の出会いは随分と昔に遡《さかのぼ》る。

竜蔵がまだ藤川道場に内弟子として入る前、峡虎蔵、志津夫婦は、神田相生町《かんだあいおいちょう》に住まいを構えていた。

そのすぐ近くに、嘉兵衛店《かへえだな》という裏長屋があり、竜蔵はそこの住人達に〝若〟と呼ばれてかわいがられたものだ。

剣に長じて俠気ある人――。

剣俠《けんきょう》の精神を持ち続けた虎蔵は、何か揉《も》めごとが起こると、近所の者達を体を張って助けてやった。

それゆえ、峡一家はこの嘉兵衛店の連中から、とにかく慕われていたのである。

虎蔵がそうであるように、竜蔵もまた子供達のがき大将として君臨《くんりん》し、他所《よそ》の町の子供達が嘉兵衛店の子供を苛《いじ》めたりすれば、先頭に立って追い払ったのであるが、

「おれは、竜さんの一のこぶんだからよ」

と、口癖のように言っていたのが、この助七であった。

父親は大工の七三《しちぞう》、母親はおていといった。

やがて竜蔵は、両親が夫婦別れをして、内弟子として藤川道場で暮らし始めるわけだが、師の弥司郎右衛門は、まだ子供の竜蔵を不憫《ふびん》に思い、

「たまには、乾分《こぶん》達の様子を見に行ってやるがよい」

と、外出をさせてくれたので、子供の間はしばらく助七達との交遊が続いた。

やがて藤川道場で頭角を露《あらわ》し、父・虎蔵の客死を報《しら》され、一時は盛り場で暴れ回っ

たりした竜蔵は、嘉兵衛店の住人達とは次第に縁遠くなっていった。

しかし三田二丁目に道場を構え、竹中庄太夫と神森新吾が入門したばかりの頃。竜蔵も少し大人になり、昔を懐かしんで嘉兵衛店を訪ねた。

住人達が涙を流して迎えてくれたのは言うまでもないが、それからは近くを通ると立ち寄り、旧交を温めていた。

助七も、立派な大工の手間取りとなり、やがて、おゆいという女房を得た。峡竜蔵の〝一のこぶん〟を気取った子供の頃を思うと、人変わりしたかのような落ち着きを見せ始め、所帯を持ったのを機に、神田相生町から離れて本所荒井町《あらいちょう》に移り住んだ。

これにはちょっとしたわけがあった。

女房のおゆいは再婚で、幼い娘を抱えていた。足袋《たび》職人であった亭主とは死に別れで、おゆいは煮売り屋で働きながら娘を育てていたのだが、気丈で明るい姿が店の常連であった助七の心を捉《とら》えた。

周囲には反対する者もあったが、助七は、そんな声にはまるで耳を貸さずに、

「考えてもみねえ。おれみてえなできそこないに、好い女房とかわいい娘が、いっぺんにできるんだぞ。これほどのことはねえや」

と、爽《さわ》やかに言い放って所帯を持ったのだ。

とはいえ、神田相生町にいては、なさぬ仲の娘について、おもしろおかしく言う者も出てくるかもしれない。

それならば、初めての土地で、初めから親子三人として暮らしていけばよいだろうと、助七は考えたのだ。

それを聞いた時は竜蔵も、

「助七、お前は好い男になりやがったな。おれなんぞより、よほど大人だなあ」

と、感心して祝ったものである。

助七はそれから連れ子の娘を我が子同然にかわいがり、おゆいとの間にはすぐに息子も生まれた。

残念ながら、おゆいは先頃病に倒れ帰らぬ人となったが、その息子は大工修業のために、神田の棟梁《とうりよう》の許《もと》へ内弟子として入った。

おゆいの死を機に、他所で修業をするのも男を鍛えるだろうと思っていたら、息子の方から内弟子となり家を出たいと言い出したのだ。

恋女房の死は悲しかったが、幼馴染の峡竜蔵は、十歳で親許を離れ、藤川道場の内弟子となった。

それと同じ気持ちで己が道を切り拓《ひら》かんとする息子の成長は、親としては寂しい反面、男として立派ではないかと、助七を喜ばせた。

こうなると助七の生き甲斐《がい》は、なさぬ仲の娘の将来がいかに明るいものになるか、それを見守るばかりとなった。

娘も十七となり、母親似の縹緻《きりよう》よしで、気立てもよく、親の言うことをよく聞く、どちらかというと大人しい娘に育っていた。

助七は、ひと通りの習いごと、稽古ごとはさせてやり、やがては良縁に恵まれるものと信じていた。

それがである。

一月ほど前から、娘は行方知れずとなってしまった。

その娘が、件《くだん》のお峰であった。

四

「竜さん、おれは、何が何やらさっぱりわからねえんだよ」

助七は嘆息した。

まず話を聞こうと、竜蔵は助七を回向院参道の茶屋に誘ったのだが、助七の目は虚《うつ》ろで、顔色も血の気を失っていた。

「いつものように、お針の稽古に行くと言って出かけたんだが、おれが仕事から帰っても家にはいなかった。それで方々捜してみたが、どこにも見当らねえ」

結局、その日を境に、お峰の消息は絶えてしまったという。

「そいつは、心配どころの話じゃあねえな」

竜蔵は、ことのあらましを聞いて、眉《まゆ》をひそめた。

「で、さっきの三人が、何か知っているんじゃあねえかと思ったんだな」

「そうなんだ……。あの連中とお峰が喋《しゃべ》っているのを何度か見たって者がいて、訊《たず》ねてみたんだが、ちょこざいなことを吐《ぬ》かしやがるんで、つい頭にきちまって……。迷惑をかけたねえ」

「いや、そんなことはどうだっていいんだが、お前誰にも相談をしなかったのかい?」

「いや、しなかったわけでもなかったんだが。ことがことだけに、色々と難しくて、なかなか前に進まなかったのさ」

お峰は嫁入り前の娘である。ちょっと粋がった若い男なら、笑い話ですまされるかもしれないが、

「うちの娘が帰ってこねえんだ」

と、大っぴらには言えなかった。

お針の稽古場は、荒井町の町内にあり、助七が暮らす長屋からは、目と鼻の先にある。

そこへ行くまでの間に、人気のない小道や、いかがわしい盛り場などはない。何かの騒ぎに巻き込まれたとか、人さらいに襲われたなどとは、まず考えられない。父親を送り出し、自分は習いごとに行き、その後は近所で買い物などすませるか、行商から菜を買い、夕餉《ゆうげ》の仕度などして助七の帰りを待つ。

当り前の暮らしをしていれば、助七は近所付合いもしっかりとこなしているから、近隣の住民達が、やさしくお峰を見守ってくれるはずだ。

となれば、自らの意思で町内を離れどこかへ出かけたところ、危ない目に遭《あ》ったのか、惚れ合った男と、手に手を取って駆け落ちをしたのか、そんなところに推測が及ぶ。

そもそも、きっちりとした町の娘は、滅多やたらと遠出などしないものだ。

若い頃は、それなりに悪さをしてきた助七であったが、お峰が歳頃になってくると、酒も控え遊里にも行かず、もちろん博奕《ばくち》には一切手を出さず、真面目《まじめ》な父親に変わっていた。

そして、お峰には、

「女の幸せなんてものは、いつどうなるかわからねえものだ。てことは、しっかりした亭主を持って、そいつを支えて、しっかりした暮らしを送るに限る。お前は縹緻も好いし、気立ても好いから、お前を女房にしてえと思うものは何人も出てくるだろうが、女房ってえのは亭主の親から好かれることも大事だ。日頃からおかしな噂《うわさ》を立てられねえようにして、身持ちの好い娘だと思われるのが、お前の幸せに繋《つな》がると思いな」

日々、そう言い聞かせていた。

なさぬ仲であるが、それだけに努めて大事に育ててきたし、お峰も助七の愛情によく応えてくれた。

そのお峰が、まさか助七を裏切る形で行方知れずになったとは、どうしても認めたくはなかった。

それゆえ、お峰の外聞を悪くしないためにも、騒ぎ立てずにまず自分で心当りを探ってみた。

「そういえば、近頃お峰ちゃんの姿を見かけないねえ」

などと言われたら、

「死んだ親父《おやじ》の弟の家が、川越《かわごえ》で酒問屋をしておりやしてねえ。今ちょうど人手が足りねえなんて言うので、そこへ行かせているんでさあ」

　などと取り繕《つくろ》った。

「お前の気持ちはわかるが、そう言ったって、この先一人で捜すわけにもいくまい」

　御用聞《ごようき》きとかに、相談はしなかったのかと、竜蔵は問うた。

「へい、それはそれで、処《ところ》の親分にそっと話は持ちかけてみたんですがね……」

　その御用聞きは、

「まあ、心当りは探ってみようが、こいつはなかなか難しい話だな。誰かに攫《さら》われたのを見た奴もいないようだし、本人が望んで町を出たのなら、こっちも見つける術《すべ》がねえや」

　お峰は、事件に巻き込まれたのではなく、何かわけがあって、出奔したのではないかと彼は言った。

「そんなはずはありやせん。お峰はそんな娘じゃあねえ。何者かにどこかへ、無理矢理連れていかれたのに決まっておりやす」

　助七はそう言って、心付けを弾み、密《ひそ》かに調べてもらったのだが、埒《らち》があかなかった。

　その上で、

「お前の娘は、お前が考えているほど、大人しい娘でもねえようだぜ」

と、突き放された。

御用聞きの調べでは、このところお峰は、助七が仕事に出かけている間、町内にじっとしていたわけではなく、頻繁に外出をしていたようだという。

回向院周辺の盛り場や、浅草寺《せんそうじ》門前の広小路で見かけた者がいて、その時の様子は、日頃とは打って変わって派手で、艶《あで》やかであったそうな。

とどのつまりは、

「まあ、そのうち色々と頭を打って帰ってくるだろうよ。しばらく放《ほう》っておけばいいさ」

そう言って、探索を投げ出してしまったのだ。

「そんならもう頼まねえや」

御用聞きに渡す金があるなら、その金を使って、自分の手で調べてやる。そんな気になったと、助七は険しい顔で打ち明けた。

「なるほど、それでお前が一人で……」

どこまでも娘を信じて、その身を案じ、仕事もそっちのけで探索に当っているという助七の姿には、心打たれるものがあった。

「それならそうと、どうしてもっと早くに、おれを訪ねなかったんだよう」

竜蔵は、一人で抱え込むとは馬鹿な奴だと、助七を詰《なじ》った。

「そんなことを言ったって、竜さんは、今では立派なやっとうの先生だ。毎日のように会っているなら、話も切り出せるが、恐れ多くて、そんなことはできませんや……」

と、助七は恐縮して応えた。

初めのうちは躍起になったが、このところは、もう心当りもなくなり、じっくりとことに当っているそうな。

「恐れ多いなんて水くせえことを言うなよ」

「竜さんが、どういう男かはよくわかるよ。だが、おれとしては大ごとにしたくはねえんだ。幼馴染の竜さんが偉《えれ》えお人になっていくのは、おれだけじゃあなくて、昔嘉兵衛店にいた頃の連中皆の楽しみなんだ。おれの娘のことでそれにけちを付けちゃあ、皆に申し訳ねえじゃあありませんか……」

助七は、竜蔵の言葉をありがたがりながらも、こんなことで頼るなど、とんでもないと言った。その上で、

「手前の力でやれるところまではやってみるつもりでさあ。どうしようもなく困った

ことに行き当ったら、その時はまたどうか、力を貸してやっておくんなせえ」

と、頭を下げられると、竜蔵は何も言えなかった。

峡竜蔵ならば頼りになるのは間違いない。自分が捜し歩くより、すぐにお峰の消息を摑《つか》んでくれるかもしれない。

しかし、竜蔵の気性からすると、怒りに任せて大暴れをせんとも限らない。

そんなことになれば竜蔵の地位に傷が付くかもしれない。

また、それだけ派手になれば、お峰の傷にもなりかねない。

助七の心の中には、自分は好いが、周囲に迷惑を及ぼしてはいけないという想いがあるのかもしれない。

久しぶりに会ったというのに、ここで自分が出しゃばってもいけないだろうと、竜蔵は分別して、

「そうかい、わかった。お前がそう言うなら、今はただ見守ることにしよう。だがなあ、おれはいつだって、今まで通りの峡竜蔵だ。隣町のガキ共に誰かが苛められたら仕返しをしてやる……、あの頃と何も変わっちゃあいねえ。いいかい。いざって時は遠慮するんじゃあねえよ。きっと三田二丁目におれを訪ねてくんな」

そう言い置いて、その日は別れたのであった。

別れ際、助七はありがたがって涙さえ浮かべたが、

――偉くなるというのは、何やら味けねえもんなんだなあ。

竜蔵は、心の内で苦笑いを浮かべるばかりであった。

五

三田二丁目の道場に帰ってからも、竜蔵の心は晴れなかった。

助七の複雑な心境を思うと、このままそっと見守って、助七が助けを求めてくるのを待っていればよい。

竜蔵としては、いざという時は遠慮なく訪ねて来るようにと告げたのだから、十分に幼馴染への義理は果しているはずだ。

しかし、じっくり構えて待ち受けるだけの余裕は、峡竜蔵にはなかった。

助七は明らかに強がりを言っている。ここは自分が出張ってやるべきではないか。

そんな想いがむくむくともたげてきて堪らなくなるのである。

――立派なお師匠になってきたかと思えば、何やらまたそわそわと。

竜蔵の落ち着かぬ様子は、妻の綾には手に取るようにわかる。

団野源之進の道場で、胸が躍るような話が出たわけではなかろう。

恐らくは、その帰り道に何かがあったに違いない。

——やはり供連れは、二人ばかり付けておかねばなりませぬな。

心の内では、妻もまた苦笑いをする。

竜蔵の心にあれこれ葛藤《かっとう》があるように、綾もまた、日々一喜一憂を繰り広げているのである。

しかし、わざわざ自分から問うてみたりはしない。

こういう落ち着きのなさは、妻の同意を得たいと思っている時のものだとすぐにわかる。

同意を得たいということは、あまり胸を張って言える話ではなかろう。

こちらから助け舟を出す必要もないというものだ。

言い出した者が、まず不利な立場になるのは、夫婦間では常である。

——そのうちに堪《こら》え切れぬようになるでしょう。

と思っていたら、夕餉の後に、

「今日は、団野先生を訪ねた帰りに、懐かしい男とばったり出会《でお》うてなあ……」

明るい表情で話しかけてきた。

竜蔵も妻が自分の心の動きを見抜いているのはわかっている。

——やっぱり帰りに何かあったのだ。

綾はそう思って、心の内でニヤリと笑っているのに違いない。

だが、やはり黙ってはいられなかった。

綾の受け止め方次第では、明日にも助七を訪ねてやりたい気になっていたのだ。

「懐かしいお方に？　それはよろしゅうございました」

綾は、にこやかに応える。

竜蔵は、少し遠慮気味に、

「嘉兵衛店にいた助七という男でな……」

件の話を切り出した。

「左様でございますか」

綾も、竜蔵が幼い頃に神田相生町に住んでいて、嘉兵衛店の住人には、虎蔵に叱《しか》られ追いかけ回された時に匿《かくま》ってもらったとか、何度も聞かされて知っている。

まず、そんなことなら大した話でもあるまいと、

「このところは、いかがなされておいでなのです？」

と、穏やかに問うた。

中でも助七という男は、かつては峡竜蔵の一の乾分を気取っていたものの、今では

娘に厳しくする手前、彼もまた実に真面目で、人の模範になるような暮らしをしていると聞いていたので、

「いやいや、あの野郎を見ていると、口惜《くや》しいが、おれはまだまだ子供だなあ」

などと嘆いてみたりするのかと思ったのだ。

ところが竜蔵は浮かぬ顔で、

「お峰という娘が、家を出たまま帰ってこねえと言って、奴《やっこ》さんは、随分とやつれていたよ……」

と、お峰を捜し求める助七の話を始めたものだ。

竜蔵は、さぞかし綾も気の毒がって、

「それはお困りでしょうねえ。何とかしてさし上げたらどうなのです」

と、綾なりの義俠を向けてくるものだと思ったのだが、思いの外に彼女の言葉は素っ気なかった。

「それはもう、放っておくしかありませんねえ。そのうち頭を下げて戻って来るでしょう」

竜蔵に茶を淹《い》れつつ、淡々と言うのである。

「綾、お前は、お峰が危ねえ目に遭っているとは思わねえのかい?」

竜蔵は、当てが外れて口を尖《とが》らせた。

「遭っているかもしれませんねえ」

「だったらお前、放っておいちゃあいけねえだろう」

「放っておけばいいというのは、助七さんに任せておけばいいということです」

竜蔵は口ごもった。

助七には労《いたわ》りの言葉をかけたのだし、何かあれば相談に乗るとまで言ったのだから、それ以上何を考える必要があるのだと、綾は竜蔵を暗に窘《たしな》めているのである。

助七は、お峰がのっぴきならない事態に追い込まれて、無理矢理に何者かに連れていかれたと思っている。

それでも、あくまでも表沙汰《おもてざた》にせずに、そっと自分で調べているというのは、そうとは言い切れぬところがあるからなのだ。

目明かしの話では、お峰という娘はただただ、親の言いつけを守って、大人しく暮らしていたわけでもなかったそうな。

それで危ない目に遭ったとすれば、身から出た錆《さび》というもので、それにわざわざ力を入れるのはおかしくはないか。

綾はそのように思っている。

「十七歳ともなれば、どうすれば身に災いがふりかからないか、よく考えねばなりません」

「それはそうかもしれねえが、女ってえのは男と違って、か弱いものじゃあねえか」

「か弱いからこそ、上手に身を守らねばならないのです。娘の頃は、少しくらい羽目を外してみたくもなりましょう。それがいけないとは申しませんが、殿御に戦いがあるように、女にも戦いがあるのです。お峰という娘御は、恵まれた日々を過ごしていたはずなのに、あまりにも迂闊《うかつ》であったのではありませんか」

「なるほど、女にも戦いがあるか……。お前は厳しいことを言うねえ。だが、本当に命が危ぶまれるようなところにいたら、哀れじゃあねえか。誰にだって若気の至りってものがあるぜ」

「そうして、助けに行ってみれば、好いた殿御とよろしくやっていたら、どうします？」

綾は、小さく笑った。

だとすれば、物笑いの種ではないかと、綾は言う。

「そうだな。そいつは十分に考えられることだな……」

竜蔵は、そう言われると引き下がるしかなかった。

竜蔵とて、ただの正義感に溢《あふ》れたお人よしではない。

若い頃は随分と、盛り場で暴れ回った。若い娘が、やくざな男に惹《ひ》かれて、身を持ち崩す姿もまのあたりにしていた。

娘の親兄弟は、それを嘆き悲しんだり、連れ戻そうとしたりしたが、娘の方はというと、惚れた男と堕《お》ちていくならばそれも本望と、むしろ己が身の哀れを楽しんでいる節があったのを覚えている。

綾は、名だたる剣客の娘として、妻として、絶えず凜《りん》として美しく生きてきたはずである。

そんな彼女が、女にはそういう一面があることを、一方ではしっかりと理解している。それは、竜蔵にとっては新たな発見であり、驚きでもあった。

女という生き物はまったくわからない。

いつものお節介を発揮して、かえってお峰という娘に傷を付けてしまう可能性とてあるのだ。

今は滅多やたらと男気を出さず、助七の言葉に従っておくのが何よりである。

「旦那様は、自分がそれでは薄情ではないかと、気にかけておいでなのかもしれませんが、わたしは薄情ではないと存じます」

そして綾は、もうこれ以上は何も話すことはないと言わんばかりに話を締め括《くく》った。

「わかった……」

竜蔵は、黙って茶を飲むと、

「お前の言う通りだ」

にっこりと笑って見せた。

六

「お峰って娘を知らねえかい。歳は十七で、左の眉尻《まゆじり》に小さな黒子《ほくろ》があるんだ。体は細身で、目は切れ長で、おちょぼ口だ……」

一方、助七の娘捜しは続いていた。

幼馴染の峡竜蔵との出会いが彼を元気付けていた。

竜蔵に助けを求めるつもりはない。しかし、今の自分の悩みを打ち明けて、いざとなったらいつでも訪ねてこいという言葉をもらっただけで、勇気が生まれたのだ。

今彼は浅草の花川戸《はなかわど》にいる。

お峰が、この辺りにも遊びに来ていたかもしれぬと思い、町をうろつく遊び人風の男を片っ端から捉えて、声をかけてみたのだ。

数人でたむろしている連中は狙《ねら》わずに、一人でぶらぶらとしている者を選んだ。

この十年ほどの間に、すっかりと真面目な人格者となった助七であるが、峡竜蔵の〝一の乾分〟を気取った昔もあった。

大工仲間では、喧嘩の強さで知られていた頃もある。

そして、何よりも娘の安否が気遣われているのだ。

四十を過ぎた男の貫禄《かんろく》に加えて、鬼気迫る表情を見せられると、その辺りにいる若い遊び人はすっかりと気圧《けお》されて、助七の話をひとまずは聞いた。

だが、この日の収穫はなかった。

がっかりする反面、助七はほっと息をついてもいた。

この辺りで見かけないとすれば、それだけお峰が遊び回っていなかったことになる。

竜蔵の妻女・綾の読みは的を射ていた。

お峰が自分の知らぬところでは、なかなかに羽目を外していたと聞かされても、助七はお峰が姿を消したのは、自分の意思ではないと、信じていた。

だが、よく考えると、助七はお峰の何を知っていて、何をわかっていたのであろうと思えてくるのだ。

その辺りの父親を見廻《みまわ》しても、自分は娘をかわいがってきたと思う。

なさぬ仲ゆえに、お峰が自分に対して毛筋ほどの不信をも抱かないように努めたつもりである。

それでも、女房のおゆいがいた頃は、お峰については任せきりであった。

男親は、しっかりと見守っていればよいと信じていたからだ。

お峰に人並以上の暮らしをさせてやるためには、自分はとにかく腕の好い大工となって、稼ぐことが先決であった。

そんな父親の姿を、お峰はいつもありがたがって見てくれていたはずであった。

おゆいが死んだ後は、

「家《うち》のことは、わたしに任せてくれたらいいからね」

お峰は、父親と弟のために甲斐甲斐《かいがい》しく働いてくれた。

「本当に、好い娘に育ってくれたもんだ。これもみな、おゆいのお蔭《かげ》だなあ」

助七は、方々でその言葉を発した。

お峰自慢が、ここ数年の何よりの楽しみにもなっていた。

お峰は、父親の娘自慢を、

「お父《と》っさん、よしとくれよ。わたしはそんなによくできた娘じゃあありませんよ」

いつも恥ずかしそうに窘めたものだが、その時の表情にも屈託はなかったはずだ。

だが、その表情の裏側には、やり切れないものがあったのかもしれない。弟はすぐに内弟子として修業に入り、家を出た。そうなると、なさぬ仲の父親との二人暮らしだ。他人の世話をして、人一倍父親面をされて、厳しい心得を強いられる毎日に、次第に嫌けがさしたのであろうか。

助七としては、どうせ嫁に行くのであるから、父娘《おやこ》の暮らしなど長くは続かない。その僅《わず》かな間を、好い父親として過ごし、最後の娘への情愛として、厳しい躾《しつけ》を交じえて、少しでも好いところへ嫁いで、女の幸せを摑めるように持っていってやろうとしたのだ。

その僅かな間が、お峰にはつまらなかったのか。それとも、おゆいが死んで後は、少しでも早く家から抜け出したいと考えていたのか……。

それが、お峰の密かな外出に繫がったとしたら、頷《うなず》けるものがある。

若い時は、誰だって親に内緒で遊んでみたくなるだろう。

助七は、お峰がそんな想いに囚《とら》われたとしても不思議には思わないし、親として小言を言って、

「まあ、気をつけなさい」

と、許してやればよいと考えていた。

だが、遊びが過ぎれば、他人はふしだらな娘だと言い立てるであろう。

そして、お峰は親や世間に反発して、心地のよい言葉をいつも耳許で囁《ささや》いてくれる男に心を奪われ、その懐に飛び込んでしまったとも考えられる。

それでも、もしそうであったとしても、自分が姿を消してしまえば、助七が嘆き悲しむことくらいはわかっているはずだ。

家を出るにしたって、何らかの方法を用いて、自分はもう帰りませんと、己が想いを伝えてくるだろう。

それくらいの義理や気遣いを、自分に対して持っているに違いない。

「お前の娘も、もう立派な女なんだ。女てえのは、ただ目の前を見て生きるものよ。そこに親父の姿なんて影すらもねえんだよ」

人はそう言って、どこまでも娘を信じる助七を笑うかもしれない。ましてや、本当の父親でもないのだ。

しかし、助七はお峰がそんな娘ではないと信じたい。信じてやることが、父親の情だとも思っている。

それゆえ、お峰の真実を知りたいと思う反面、このまま、娘は〝神隠し〟にあってしまったと思い込み、役所に任せておく方が、気が楽ではないかと、感じるようにさえなっていた。

――いや、それでも、やはりお峰はおれを裏切っちゃあいねえ。どこかで誰かに弱味につけ込まれてひでえ目に遭わされているのに違《ちげ》えねえや。待っていろお峰、お前がどんな悪さをして、それがために暗くて深い穴に落ち込んだとしても、おれはお前を見捨てたりはしねえよ。お前が悪いんじゃあねえ。それに気付かなかったおれが悪いんだ。お前はきっとおれの許に帰ってきたいんだ。それをさせねえ野郎がいるに違えねえ。おれはそこから必ずお前を取り戻すからな。待っていておくれ……。

千々に心は乱れたとて、とどのつまりはそこに想いが至り、自身を奮い立たせ、助七は今日もまた、お峰の影を求めて町をさ迷っていた。

闇雲《やみくも》に歩き回ったとて、どうなるものでもなかったが、そうすることが気休めにはなった。

そして、そんな彼の想いは、天に届いたようだ。

浅草の今戸町《いまどちょう》を尋ね歩いている時であった。

一人の絵草紙売りの男が目についた。

男の身のこなしや立居振舞が、どうも堅気には思えずに、路地の角の用水桶《おけ》にもた

れながらちらちらと眺めていると、向こうの方も助七が気になったようで、そっと近付いて来ると、

「旦那、何かお探しで?」

下卑た笑いを向けてきた。

「なかなか好いのがありますぜ……」

どうやらこの男は、絵草紙を売りつつ、いかがわしい春画を陰で扱っているようだ。

「おれが探しているのは、生憎《あいにく》生身の人間だ」

助七は、溜息交じりに応えたが、やはりこの男は堅気でなかったようだ。何か心当りがあるかもしれないと思い直し、

「生身の人間?」

怪訝《けげん》な目を向けてきた男に、お峰について問うてみた。

するると、驚いたことに、

「その娘かどうかはしれませんが、ちょいと似たようなのを見かけた覚えがありますぜ」

男は腕組みをして言った。

「どんなことでもいいから、教えてくんな」

助七は、すぐに懐から小粒を取り出して男の手に握らせた。

「へへへ、こいつはありがてえ……」

今日はさっぱり商売にならなかったようで、男は大仰に金を押し戴《いただ》くと、

「景二郎《けいじろう》っていう浮世絵師がおりやしてね。こいつがまた、ちょいと好い男振りでして、町の女に声をかけては、〝お前さん、きれいだねえ、お前さんの姿を絵に描《か》かせてはもらえねえだろうか〟なんて言やがるんでさあ」

「なるほど、それで、女を騙《だま》すんだな」

「お察しの通りで、いけすかねえ野郎なんで、あっしは景二郎の描いた物は扱っちゃあおりませんがね。ちょっと前に、野郎が連れて歩いた女に、そのお峰って娘が似ているようで」

助七は、ごくりと唾《つば》を飲んだ。

そ奴がお峰をたぶらかして、お峰の姿をいかがわしい絵にしているのではないのか――。

助七はいても立ってもいられずに、

「お前には迷惑をかけねえから、その景二郎って野郎のことを、もう少しばかり詳しく教えちゃあくれねえか」

そう言うと、さらに小粒を男の手に握らせた。

その浮世絵に描かれている娘を見て、助七は愕然《がくぜん》とした。

絵の中の娘は、浴衣に着替えようとしている構図の中にいて、妖《あや》し気な笑みを浮かべている。

七

——いや、まさかこれはお峰ではない。

そう信じたかったが、顔立ちはお峰と同じで、左の眉尻には黒子も描かれていたし、驚くべきことに、露わとなった右肩には、小さな青痣《あおあざ》があった。

これは、女房のおゆいが、かつて嘆いたお峰の体の特徴であった。

「こんな小さな痣など何てことはねえや」

助七はそれを一笑に付した思い出がある。

年頃ともなれば、その痣を目にすることもなくなったが、絵で見ると、大人のふくよかな裸体に、その一点は実に艶《なまめ》かしく映っていた。

あの絵草紙屋の男から聞き出したところ、景二郎という絵師の住処《すみか》は確《しか》とわからなかったが、彼が時折いかがわしい絵を売りつけている絵草紙店を聞き出すことが出来た。

そこは、砂利場の目立たぬ路地裏にある小店《こだな》で、何とも怪しげな風情《ふぜい》を醸していた。

「おもしろそうな絵はあるかい？」

意味ありげに言うと、店の小太りの中年おやじは、心得たように、

「このところは、こんなもんですかねえ……」

色々と美人絵を見せてきた。

初めての客ゆえの配慮であろうか、いきなりいかがわしい物ばかりを見せるのもいかがなものかと、卑猥《ひわい》な春画を巧みに織り混ぜて、美人画を見せてきた。

助七は、その中にお峰らしき娘が描かれていたらどうしようかと、内心冷や冷やとしながら、

「まず一通り見せてもらおうか」

その類の絵を一枚一枚確かめていったのだが、そこで遂に件の絵にゆき当ったのであった。

幸いにも他に、お峰に似た女を描いた絵は見当らなかったが、助七の胸は張り裂けんばかりであった。

「これをもらおうか」

助七は、お峰に似た娘が描かれた一枚を三百文で買い取ると、心を落ち着けて、

「これを描いた絵師に会ってみたいのだがねえ」

と、好事家《こうずか》を装って持ちかけてみた。

「へえ、旦那もおもしろいお人ですねえ」

小太りの店主は、ニヤリと笑って好奇に充ちた目を向けてきた。

助七は逸《はや》る心をさらに抑えて、

「言っておくが、わたしはお前さんの商売仇《がたき》じゃあないからね。ただ、物好きが過ぎてしまってねえ」

からからと笑った。

懐には、何かの折に用立てんとして、三両ばかりの金があった。

お峰の嫁入りにと貯《た》めた金の一部であるが、元より娘のためのものである。

「お礼はさせてもらいますよ」

と、一分包めば、小太りのおやじは、あっさりと景二郎の立廻《たちまわ》り先を教えてくれた。

その表情の裏には、

「あんな野郎は、どうなったって構うものか」

という皮肉な笑いがある。

——ろくな奴じゃあねえようだ。

助七は、その思いを新たにしていた。

その日は一旦《いったん》家へ戻った助七は、翌日になって夕暮れの浅草奥山《おくやま》に足を踏み入れた。見世物小屋、茶屋、楊弓場《ようきゅうば》など、賑《にぎ》わう盛り場には、妖しげな灯《とも》が点り始めていて、辺りを幻想が支配している。

お峰は、この光の中を旅してみたかったのだろうか。

迷宮に足を踏み入れた時、当り前の暮らしが待っている狭苦しい長屋に帰りたくないと、魔がさしたのかもしれない。

この十年以上の間、助七は、狭苦しい長屋で当り前の暮らしを送ることが、何よりの幸せと思ってきたのだが——。

いつもの堂々巡りの問答が頭の中で始まっていた。

やがて盛り場の外れに、一軒の居酒屋が見えてきた。

小体《こてい》な店で、居酒屋というよりは、小料理屋の風情が漂っている。

そこに、絵師の景二郎がよく出入りしているらしい。

あの小太りのおやじも、景二郎から春画を買い取っていたらしいが、景二郎の住処までは知らなかった。

女をたらして生きる景二郎は、同時に何人もの女と付き合っているのだろう。

その女達には、

「おれは、お前だけが生き甲斐なのさ」

などと、それぞれに甘い言葉を言っているとしたら、他人においそれと自分の住処を教えるわけにはいかない。

そこで、女が鉢合わせになれば面倒なことになる。

それゆえ、自分の居所は転々と変えて、滅多と人には教えないようにしているのだと、件の小太りのおやじは言っていた。

そして、人との繋ぎはほとんどこの居酒屋でとるようにしているらしい。

ますますこ奴が怪しい。

助七は、藍染《あいぞめ》の暖簾《のれん》を潜《くぐ》って店に入った。客はほとんどおらず、入れ込みの床几《しょうぎ》に、数人の男達が腰かけて酒を飲んでいた。

入れ込みの向こうには暖簾口があり、その手前の左側に板場がある。

暖簾の向こうには何があるか確とはわからないが、常連客用の小部屋があるのかもしれない。

店の主人は四十前の髭面《ひげづら》で、熊《くま》のような体格をしている。

「いらっしゃい……」

熊主《あるじ》は、低い声で助七を迎えた。

「酒を冷やでもらおうか」

助七は、出入り口近くの床几に腰を下ろして、負けじと低い声で応えた。

先客達の鋭い目差《まなざ》しが、一斉に助七へと注がれた。殺伐とした感触から思うに、こ奴らもろくな者達ではないようだ。

すぐに熊主は、片口に酒を入れて、小ぶりの湯呑《ゆの》み茶碗《ぢゃわん》と共に持って来た。

助七は黙ってそれを茶碗に注《つ》いで、ぐっと干した。この日も歩き詰めで喉《のど》が渇いていたので、沁《し》み入る美味《うま》さであった。

熊主は、そのまま助七の傍《そば》から離れずに、

「見かけねえ顔だが、誰かを待っているのかい。それとも捜しているところかい……」

ずけずけと訊《き》いてきた。

助七は、じろりと見返して、

「捜しているところさ」

はっきりと応えた。

「何か教えてくれたら、礼をするぜ……」

　助七はそう言って、件の画を見せた。

　半裸の娘がお峰であったとすれば、他人には見せたくないが、今はそれを言っていられなかった。

　この娘が何者か突き止めて、お峰ではなかったと、まずはほっと一息をつきたくもあり、お峰であれば一気に決着をつけたかった。

「この娘を捜していると？」

　熊主は、ふっと笑った。

「捜してどうするんだい。この娘が気に入ったから、絵じゃあねえ、生身を抱いてみてえってのかい？」

「その辺にいる下衆《げす》野郎と一緒にするんじゃあねえや」

　助七は、さすがに気色ばんだ。

「ふん、こんなところでそんな絵を広げて、この娘を捜しているなんてよう。お前も立派な下衆野郎じゃあねえか」

　熊主は、嘲笑《あざわら》うように言った。助七はぐっと堪えて、

「見覚えがねえかと訊いているんだ」

再び訊ねたが、

「そんないかがわしい娘なんぞ知るものかい」

相変わらず喧嘩腰の応えが返ってくる。

「そんなら、景二郎っていう絵師を知らねえか？」

「景二郎？　知らねえなあ。お前、面倒を持ち込む気かい。大人しく家に帰って、その絵を眺めながら、やらしいことでもしていやがれ」

「そうかい……」

ここに至って助七の辛抱が限界にきた。

ただでさえ、精神が不安定で、店へ入って冷や酒をぐいぐいとやって、酔いが心と体を支配していた。

件の絵をゆっくりと懐にしまうと、

「家に帰る前に、すっきりとしておきてえ」

「何だと？」

「手前をぶちのめすのよ！」

言うや否や、助七は片口を手にして、熊主の頭を殴りつけた。

この十年以上の間、人の模範にならんとして暮らしてきたが、これまでの抑圧がここへきて一気に崩れた。

「な、何をしやがる……！」

頭を割られた熊主が怯《ひる》むところへ、助七は間髪をいれずに蹴《け》りを入れた。

さらに床几を持ち上げて叩きつけた。

狂ったように攻め立てる助七の勢いに、熊主は防戦一方になった。

「手前、なめるんじゃあねえや！　ここに景二郎が何度も来ているってえのはわかってるんだよう！」

助七は、さらに足払いをかけ、相手が倒れたところを上から踏みつけて、

「さあ、ぬかしやがれ！　景二郎はどこにいやがるんだ、手前、知ってるだろ！」

口を割らそうとしたのだが、

「手前、何者だ！」

先客達が、助七に襲いかかってきた。

助七の余りの迫力に、思わず見入ってしまったが、この連中も仲間内なのであろう。

熊主の惨状を見かねたのか、景二郎への義理立てか何かは知らぬが、助七が一人と見て、

「ここをどこだと思っていやがるんだ！」

と、助けに入ったのだ。

「やかましい！　手前らは引っ込んでいやがれ！」

助七は、摑みかかる奴らの手を振りほどき、さらに熊主を痛めつけた。

相手が何人もの時は、一人に絞ってかかるのが、若い頃の助七の喧嘩作法だった。

その間、どれだけ殴られようと、引き離されようと構わず一点を攻めるのだ。

「野郎！　死にてえのか！」

先客の一人が横合から殴りかかってきた。

頰《ほお》げたを張られたが、助七は怯まなかった。

この痛みが、さらに助七を奮い立たせて、振り向きざまにそ奴を草履《ぞうり》で打ち、再び熊主を踏みつける。

足からも口からも血が出てきたが、その血も男の気を昂《たか》ぶらせるのだ。

——そうだ、おれはあの強《つえ》え、峡竜蔵の一の乾分なんだ！

助七は暴れ回った。

娘のためを思って、よく出来た父親になろうとしてきたが、なさぬ仲の娘の放埒《ほうらつ》が、自分の体の奥に潜んでいた遊俠《ゆうきょう》の血を引っ張り出したとは皮肉な話であった。

とはいえ、やはり助七も老いた。多勢に無勢は免れず、遂には熊主と引き離され、表に放り出されて、殴る蹴るの袋叩きに陥った。

「殺すなら殺しやがれ!」

夢中になって、一人の足に噛《か》み付いて、引っくり返すと、それを汐《しお》にぱたりと連中の攻撃が止《や》んだ。

ふと見ると、連中は揃《そろ》って地面に這《は》っていた。

「おう助七! おれの一の乾分が、だらしねえじゃあねえか……」

峡竜蔵がそこにいて、一人一人を踏みつけながらニヤリと笑った。

「竜さん……」

口許に流れる助七の赤い血が、たちまち涙で薄まった。

八

やはり峡竜蔵は、じっとしていられなかった。

綾には内緒で、密かに峡道場の門人である御用聞き・網結《あみすき》の半次《はんじ》に、助七の様子をそっと見張るよう頼んでいたのだ。

半次も既に五十歳を過ぎて、御用聞きの方は一線から身を引き、同じく峡道場の門人である乾分・国分《こくぶ》の猿三《えんぞう》に跡を託していた。

それゆえ、猿三を呼べばよかったのだが、助七を見張るとなれば、他所の縄張りに足を踏み入れることになる。

その辺りの口利きは、やはり半次でないと回らないところもあるのだ。

弟子といっても、老齢となった半次である。このところは、道場へはほとんど世間話をしに来るくらいのものだが、

「親分、ちょいと頼まれてもらいてえんだが……」

などと、悪戯《いたずら》っぽい笑顔で竜蔵に頼みごとをされると、

「へへへ、待っておりやした」

半次は今でも、ぱっと顔に赤みがさす。

竜蔵が、公儀に召されるほどの師範になってくれることを楽しみにしているのだが、弟子として男として、峡竜蔵のために一肌脱ぐ喜びに勝るものはない。

そして、自分が一肌脱げるのは、男・竜蔵の人へのお節介を手伝うことしかないのである。

それゆえ、竜蔵の名に傷が付かぬようにそっと動こうとするのだが、この度も結局、竜蔵は、半次から、

「助七さんは、ちょいと危ない橋を渡り歩いているようですぜ」

と、その危なっかしさを報されると、自らがその場に乗り出したのだ。

「ちょいと出かけてくるよ」

この日も竜蔵は、綾にそれだけを告げて道場を出てきた。綾にはそれがどういう意味を含んでいるのか、たちどころにわかったであろうが、

「あまり、張り切り過ぎぬよう、お気をつけくださいませ」

ただ、にこっと笑って送り出したのである。

綾としては、既に自分の想いは余すことなく竜蔵に告げていた。そして竜蔵は、己が意志をどこまでも通すであろうが、決して綾の言葉は忘れていない。

自分の想いのひとかけらでも、夫の心の中に残り、それを感じつつことに及んでくれるなら、綾はそれで満足なのだ。

峡竜蔵が、どこまでも妻や子、弟子を大事にする男なのは、わかりきっているのだから——。

竜蔵の助太刀を得て、助七は再び熊の主に摑みかかったが、

「助七、もういいや。景二郎ってえのは、この並びの骨董《こっとう》屋の二階で絵を描いているんだろう。そうだな……」

竜蔵は、声に凄《すご》みを利かせて主に問うた。

「そいつは……」

熊主は震え上がった。

仲間達が加勢してくれて、助七を痛めつけてやろうと起き上がった途端に、天狗《てんぐ》のように強い武士が現れ、あっという間に常連の破落戸《ごろつき》達を叩き伏せたのである。もう観念するしかなかった。

それでも、口ごもるところを見ると、こ奴は景二郎にちょっとした義理か、借りがあるのであろう。図星を突かれたが、容易く〝はい〟と言えぬ苦悩を見せていた。

「言いにくいなら応えずともよい。おれの言っていることが当っているなら、その床几に腰を下ろせ」

竜蔵はその辺りの事情を呑み込んだ上で、さりげなく他所を向いて言った。

熊主は、黙ってすぐに床几に腰を下ろした。

「よし、それでいいや。邪魔したな。さあ、今日はもう店を閉めな。その前に表に倒れている連中を店に入れてやらねえとな」

竜蔵はそう言うと、熊主に手伝わせて、連中を店の中へ放り込むと、暖簾を中へと投げ入れ、

「ゆっくり休みな」

と告げるや、当て身をくらわして、昏倒《こんとう》させた。

そうして戸を閉めて、助七と二人表に出ると、

「このままそこへ乗り込むだろ」

助七に頬笑んだ。

「竜さん……、おれには何が何やら、さっぱりわからねえ……。どうしてそんなに、何でも知っているんですよう」

助七は、興奮が冷めると目を丸くして、しげしげと竜蔵を見た。

「おれは昔から、そういうところがあっただろ」

「そいつは確かに……」

「おれの一の乾分が、おかしなことになっていると呟《つぶや》いたら、あれこれ教えてくれるありがたい奴が出てきてくれるのさ」

「さすがは竜さん……」

「そんな話はどうだっていいんだ。居酒屋の連中はしばらく動けねえ。乗り込むのなら今だと思うがな」

竜蔵の目差しはどこまでもやさしかった。

乗り込むのはよいが、そこで見たくもない娘の姿を見てしまうかもしれない。その

覚悟は出来ているか。竜蔵はそれを促しているのだ。

ガキ大将で、いつも暴れ回っていたが、仲間だけでなく、叩き伏せた相手にも、喧嘩が終ると、

「おい、大丈夫かい？」

温かい声をかけた、子供の頃の目差しがそのままそこにあった。

「おれは大丈夫だよ。竜さんが傍にいてくれたら何も恐かねえや」

助七も、知らず知らずに一の乾分の物言いに戻っていた。

「竜さん、本当にありがてえや……」

「いやいや、おれにお前の様子を教えてくれた者が言うのには、お前が景二郎って絵師の名を突き止めたから、後は楽に調べがついたとよ。おれはちょいと軽い気持ちで助っ人を楽しんでいるだけさ。助七、よくやったな、お前は大したもんだぜ」

助七は何度も頷いて、恥ずかしさや照れくささから逃げるように、

「そんなら竜さん、後、もう少しだけ付き合ってくれるかい」

勇ましい声で、竜蔵の癖を真似《まね》て片手拝みをしてみせると、骨董屋目指して歩き出した。

竜蔵は肩を並べて道を行く。

向こうから吹きくる夜風が心地よい。

「これだ。男にはこれがなけりゃあ、おもしろかねえや」

呟く竜蔵の声は弾んでいた。

喧嘩をしたいわけじゃあない。暴れてみたいわけでもない。

ちょっとした意地や友情のために躍起になって立ち上がる。男の意気地はそこにある。

偉くなったとて、言葉や動きをちまちまと選んでいて何とするのだ。

「助七、立派な師範だとか好い父親だとか、言ってねえで、おれ達は男でありてえもんだなあ」

竜蔵が助七の肩をぽんと叩いた時、目当の骨董屋は目の前にあった。

二間半ほどの間口の店先に、壺《つぼ》やら置物などが所狭しと並んでいる。

高い棚の向こうには帳場と思《おぼ》しき座敷があり、そこに、目付の悪い若い衆が二人いて、二階の様子を気にしていた。

二人の傍らには二階へ続く段があり、階上からは乱暴な男の声と、媚《こび》を含んだ女の嬌声《きょうせい》が漏れている。

助七は一瞬目を瞑《つぶ》った。

その声がお峰のものであったからだ。

お峰は、穴に落ち入るべくして落ちたのではない。あの穴は何なのかと、近寄って眺めているうちに、誰かに穴へと落された――。

そう信じてきたが、やはりお峰は自分から落ちたのだ。

助七は、今すべてを察した。

「娘の声か?」

竜蔵は静かに問うと、大きく頷く助七に、腰の脇差《わきざし》を渡した。

「あの二人はおれに任せておけ。お前は二階へ上がって、娘を救《たす》け出してやれ。景二郎ってえのは、女をたらして、その女の春画を描いて売って、挙句には女郎に売りとばす。その手口で随分と若い娘を泣かせているって話だ。そんな奴に情けはいらねえぜ」

助七は黙って脇差を受け取ると、帯に差した。

「言っておくが、殺すんじゃあねえよ」

竜蔵はしっかりと頷きかけると、ずかずかと店の中へ入った。

すぐに鈍い音と、男の呻《うめ》き声がして、先程から威勢の好い話をしていた若い衆は沈黙した。

助七が続いて入ると、座敷の上で二人は伸びてしまっていて、竜蔵がニヤリと笑って、階上を見上げていた。

助七は、そっと階段を上る。

二階の部屋からは、

「おう！　そっくり脱いで、股《また》あ開けて見せろって言っているのが、わからねえのか！」

男の怒声と、

「いくらなんでもその恰好《かっこう》は恥ずかしくて嫌だよ。ねえ、もういいだろ？」

甘ったるい女の懇願する声が聞こえてくる。

「やかましいやい！　脱げと言ったら脱がねえかよう！」

〝ぴしゃり〟という音がした。

――殴りやがったな。

助七は、堪らず駆け上がった。

すると、一人の娘のはだけた浴衣の襟を左手で摑んで、右手で頬を打ち据える男の後ろ姿が見えた。

そこには布団が敷かれてあり、行灯《あんどん》といい、枕屏風《まくらびょうぶ》といい、いかにもありふれた春画の構図であった。

「堪忍《かんにん》しておくれよ！　何だってするからさあ……」

泣いて願う女は、正しくお峰であった。

いきなり部屋に現れた助七を、男は下の三下だと思ったのか、

「馬鹿野郎！　しばらく上がってくるなと言っただろう！」

背を向けたまま叫んだが、お峰の顔色は青くなり、たちまち硬《こわ》ばった。

「お父っさん……」

「何だと……」

振り向こうとした男の体は、助七に蹴られて、枕屛風の方へと吹き飛んで、それと共に倒れ込んでいた。

「な、何しやがる！」

「お前が景二郎だな」

言うや助七は、彼の鼻先に抜いた脇差の切っ先を突きつけた。

お峰は白刃を見て、腰を抜かしたかのように、その場に固まっている。

「おい、勘弁してくれよ……」

景二郎は顔を引きつらせたが、白刃を突きつけられて尚、強がっていた。

絵師というのは名ばかりで、女を騙す手段に絵を習い覚えたという、小悪党なのであろう。それなりに修羅場は踏んでいるらしい。

そして、下にいた若い二人は、弟子であり骨董屋の店番というわけであろうが、景二郎の乾分であったと思われる。

「娘はもらって帰るぞ。文句はねえな」

「娘？　まあ、なさぬ仲でも、お前さんは父親ってわけだが、他人が自分の情婦《いろ》に生ませた娘を命がけで取っ返しに来たってかい。こいつは泣かせるじゃあねえか」

景二郎は、薄ら笑いを浮かべた。そんな話をお峰がこの男にしていたとは、やはり娘は自ら暗い穴に飛び込んだのだ――。

「こんな親不孝なあばずれを、わざわざ連れ帰らなくったって、何ならおれが買い取りますぜ。五両でどうです？」

景二郎は、少し媚を売るような口調で言った。

「五両だと？　なさぬ仲でも、おれはこいつの父親だ。惚れ合って一緒になりてえと言うなら考えもするが、お前の評判は聞いている。首に縄をつけてでも、連れて帰るぜ。それから、よくも娘に手をあげやがったな。こいつはその礼だ！」

鮮やかに言い放つと、助七は脇差を左手に持ち替えて、右の拳《こぶし》を景二郎に見舞った。

景二郎は、それをまともに食って、また、枕屛風の上に倒れ込んだ。

「さあ、帰るぞ……」

助七は納刀すると、お峰に言った。

お峰は、まじまじと助七を見ていたが、

「わたしは、この人に攫われたわけじゃあないんだよ。この人に惚れて尽くそうとしたんだよ……」

何とも荒《すさ》んだ声で言った。

「そんなら今日限り、こいつのことは忘れろ。みすみす不幸せになるのを知りながら、お前をここに置いていくわけにはいかねえ」

助七は、胸に込み上げるものを抑えて、やさしい口調で言った。

だが、お峰は頭を振って、

「置いていけばいいじゃないか。わたしを連れて帰ったって、また好い父親の顔をしないといけないんだ。わたしはねえ、好い娘でいることに疲れたのさ」

未だ何かに取り憑《つ》かれているかのように応えた。

女というものは、こうまで変わってしまうものなのか。

助七は、幸せだと思い暮らしてきたあの日々は何だったのか、それが音を立てて崩れ落ちる絶望に見舞われた。

「お前はおれの自慢の娘だったが、考えてみれば、そういう娘を持つ己を自慢していただけなのかもしれない。それでお前が哀しい想いをしていたのなら、おれはくだらねえ父親だな……」

吐き捨てるように言った。

「おや、よくわかっているじゃあないか。そうだよ。お父っさんは、娘を自慢するふりをして、自分を自慢していたのさ。この景二郎って男は、確かにろくでなしかもしれないが、いつもわたしに真剣だったよ。気に入らないことがあれば殴ったよ、蹴ったよ。でもねえ、上っ面ばかり小言を並べるお前さんより、余ほど人らしいよ」

「だからといって、お前、死ぬ想いをしたっていいのかい……」

「ああ、いつでも死ぬ覚悟はできているさ」

「お峰……」

助七が、ぐっと娘を睨《にら》み付けた時であった。

倒れた時に、長脇差《ながどす》を屏風の後ろからそっと取り出した景二郎が、

「死にやがれ！」

と、助七に斬《き》りつけた。

あっと息を呑むお峰の眼前で、さらなる白刃が一閃《いっせん》したかと思うと、振り下ろした景二郎の刀は、撥《は》ね上げられて天井に突き刺さっていた。

それと見て、部屋へ駆け込んだ峡竜蔵の手練《てだれ》の早技であった。

九

「馬鹿野郎！」

竜蔵は返す刀を峰にして、景二郎の小手を砕き、胴を打った。

景二郎は、その場にのたうち、もがき苦しんだ。

「お峰、おれはお前のお父っさんの幼馴染で峡竜蔵ってもんだ。まだお前が子供の頃に会ったことがあったよ」

「へ……」

お峰は、この恐ろしく強い武士が父親の友達で、自分も会ったことがあると聞いて、さらに放心した。

「しっかりと浴衣を着な。着るんだよ！」

その一喝で、お峰は慌てて、はだけた着物の前を合わせ、帯を締め直した。

「お前は今、死んだっていいと言ったな」

竜蔵の険しい表情は、真《ま》っ直《す》ぐにお峰に向けられていた。

「竜さん、もういいんだよ」

助七は、竜蔵が自分に娘が言い立てた言葉に憤慨しているのだと思い、必死で宥《なだ》めた。

「よかあねえや！」

竜蔵は助七をも叱りつけ、抜いたままの刀をお峰に向けて、

「お峰、死ぬ覚悟ができているなら、今ここでおれが殺してやらあ！」

さっと横に薙《な》いだ。

その刹那《せつな》、お峰の髪がほどけて、ざんばらになった。

「この次は、首を落してやる！」

さらに竜蔵の刀は空を切り裂き、お峰の首すれすれに止まっていた。

お峰は、わなわなと震えた。

「何が死ぬ覚悟だ。お前は今、死にたくねえと思ったはずだ。よく聞け、この馬鹿娘が。お前がこの破落戸絵師に心惹かれたのは、日々の暮らしに飽きたからだ。日々の暮らしに飽きるってことは、今まで生きてきた毎日が、それだけ安泰だったってことだ。その安泰はちょっとやそっとで手に入らねえ、人にとって宝みてえなもんなんだ。

だがな、若え時《わけ》はそのありがたさに気付かずに、安泰を退屈に思ったりするもんだ。おれもそうだ。お前の親父もそうだった。お前がふらふらとこんなところに来ちまった気持ちはわかるが、お前はやっぱり堅気の娘だ。ここは似合わねえ。おもしれえ夢を見たと思って、おれの言うことを聞きな」

お峰は、竜蔵の迫力に圧倒されて、こっくりと頷いた。

「そんなら行くぜ。まずはここを出よう。その上から着物を着るがいいや。この野郎を置いていくのは忍びねえかもしれねえが、この景二郎は、お前に安泰をくれた助七を殺そうとしやがった。打っちゃっておきな。お前も愛想が尽きたはずだ」

竜蔵が言葉を投げかけていくにつれて、お峰は妖術《ようじゅつ》から解き放たれたように、顔に赤みがさしてきた。

着物を着直し、髪を引っ詰め手拭《てぬぐ》いで姐《あね》さんかぶりにしている間も、竜蔵は厳しく、そして親しげに話しかける。

「お峰、言っておくが、助七はおれにとっちゃあかけがえのねえ友だ。馬鹿にしやがったら、次は本当にお前の首を落してやるからそう思いな」

「竜さん……。おれは、竜さんにはいつも助けてもらってばかりで、何もしてあげたことなんかなかったじゃあねえか。それなのに……、かけがえのねえ友だなんてよう

「……」

助七はお峰を促しながらも、胸がいっぱいになってきた。

「そんなことはねえよ。おれはまだほんのガキの頃に、藤川先生の内弟子になって、下谷《したや》の道場で親と離れて暮らすようになったんだがよう。おれが道場に移る日に、お前は泣きながら道場の前までついてきてくれた。まったくよう、そんなことをされたらこっちは、後ろ髪引かれるってえのによう。それでもって、お前はよく道場の裏からそっと中を覗《のぞ》き込んで、井戸端で先生の稽古着を洗っているおれに、〝竜さん、そういうところじゃあ、買い食いだってろくにできねえんだろう〟なんて言って、そっと甘い物を投げ入れてくれた……」

「竜さん、覚えていたのかい？」

「あたぼうよ、忘れるもんか。お前みてえにやさしい奴はこの世にいねえ」

「よしてくれよ」

「本当のことを言っているのさ。あん時のことを思い出すと今も涙が出るぜ。お前が、嘉兵衛店を出ると聞いて、お前に会いに行った時は寂しかったぜ」

「どうしてだい？」

「そん時、お前は落ち着き払った顔をして、〝おれは、女房をもらっただけじゃあなく、娘までできちまったよ。だからよう、この先は、博奕も喧嘩もやめて、大人しく、まっとうに生きていくよ……〟なんてぬかしやがるからさ」

話すうちに三人は、悠々と奥山の地を後にしていた。

「助七よう。お前はお前らしく生きりゃあいいんだよう。何かに詰まりゃあ、この幼馴染の峡竜蔵がついているってことを忘れるな。何が好い父親だ。固苦しくていけねえや、なあお峰……」

竜蔵が俄《にわか》に問いかけた時、

「お父っさん……、許しておくれ……、堪忍しておくれ……」

恐い夢から目覚めた子供のように、お峰はわんわんと泣き出した。

第二話　大喧嘩

一

「旦那《だんな》、あっしはもういつ死んだってよろしゅうございますよ」

このところ、方々で峡竜蔵にかけられる言葉が、浜の清兵衛《せいべえ》からとび出した。

言わずと知れた、芝界隈《しばかいわい》に睨《にら》みを利《き》かす顔役で、竜蔵が三田二丁目に道場を構えてから、二人は長い間交遊を温めてきた。

「おいおい、親方までそんな寂しいことを言わねえでおくれよ」

「寂しいって旦那、あっしももう八十に手が届こうってえんですから、今言わねえでいつ言うんですよう」

「そうか、八十に手が届きそうか。ははは、時がたつのは早《はえ》えもんだなあ。だがその様子なら百まで生きるぜ」

「おからかいになっちゃあいけませんや」

初めて会った時から見ると、確かに一回り小さくなった感のある清兵衛であるが、赤ら顔で好々爺《こうこうや》なのはあの時から同じで、

「まるで変わっちゃあいねえから、こっちも調子が狂っちまうよ」

笑いとばす竜蔵を見て、

「旦那は、ほんに立派にお成りになりやしたねえ」

清兵衛はつくづくと言う。

「いやいや、まだまだ尻《しり》の青いガキさ。よろしく頼むよ」

竜蔵は先日来、清兵衛に頼みごとをしていた。

それは幼馴染《おさななじみ》の助七と、その娘のお峰についてである。

川越の親類の許《もと》にお峰を手伝いにやっている――。

そう言って、娘の家出を隠していた助七であったが、娘はいかがわしい絵師と引っ付いて、春画まがいの絵を描《か》かせていたのである。

救い出しはしたものの、それによってちょっとした騒動を引き起こした。

父娘《おやこ》が住んでいた本所荒井町の長屋近辺でも、その事実が聞こえてくるのは必至である。

身から出た錆《さび》とはいえ、憑《つ》き物《もの》が落ちたように自省し、自分の許へ戻ってきた娘が

不憫《ふびん》でならない助七は、

「馬鹿《ばか》な親だと笑われちまうだろうが、また他所《よそ》へ移り住むつもりでさあ」

と、竜蔵に想《おも》いを伝えた。

件《くだん》の不良絵師・景二郎と破落戸《ごろつき》の一群は、網結の半次の計らいで、竜蔵の弟子である北町奉行所同心・北原平馬《きたはらへいま》によって捕えられ、取り調べを受けた。

いずれも叩《たた》けば埃《ほこり》の出る身で、何らかの罪に問われるのは確かである。

しかし、お峰にはおかしな連中と関《かか》わってしまった身のほとぼりを冷まさせる必要があったのだ。

一旦《いったん》、やくざな世界に足を踏み入れてしまった身である。更生させるにしても、いきなり厳しい躾《しつけ》をしたのでは、またそれに堪《た》えられなくなり逃げ出すかもしれない。

そこで、竜蔵は助七と図って、お峰を清兵衛に預けることにした。

清兵衛の住まいは、金杉橋《かなすぎ》北詰にある〝大浜《おおはま》〟という釣具店で、船着場には三艘《そう》ばかり釣船があり、漁師であった船頭が釣った魚を捌《さば》いて二階の座敷で食べさせてくれる。

そういう趣であるゆえに、店には女中を置いていたのだが、半年ほど前に一人が嫁に行って、人手が不足していた。

竜蔵は予々《かねがね》その話を聞いていたので、ここに住み込みで働かせてやってくれないかと、清兵衛に持ちかけたのである。

「そいつはお安い御用で……」

清兵衛は、こっちも助かりますと、二つ返事で引き受けてくれた。

店には、もう長く清兵衛の身の回りのことなどもこなしている女中頭のお沢《さわ》が住み込んでいる。

お沢は四十絡みで、とにかく陽気で何ごともそつなくこなす女である。

香具師《やし》の元締である清兵衛を内から助けているので、世の中の闇《やみ》も見てきている。

それゆえ女ながらも度胸は据《すわ》っているから、若い者達もお沢には頭が上がらない。

何かしでかした時に、清兵衛に取りなしてくれるのはいつもお沢であるからだ。

もちろん竜蔵もお沢とは顔馴染で、何かとものを頼みやすい存在である。

「まず、お沢が付いていれば、何とかなりやしょう」

清兵衛も、一旦、助七とは離れて暮らさせる方がよいと言ってくれた。

「といって、ただ一人で放《ほう》り込まれたとなれば、それはそれで心細いでしょうねえ」

今までも、ぐれた若者を乾分《こぶん》として引き取り、何人も立ち直らせた清兵衛は、その辺りの機微《きび》をよく心得ている。

店からほど近い、金杉通り二丁目にこざっぱりとした長屋を見つけて、そこに助七を住まわせたらどうかと提案した。

竜蔵と助七に異存はない。

助七は、お峰を連れて清兵衛を訪ねると、

「何卒《なにとぞ》よろしくお頼み申します……」

平蜘蛛《ひらぐも》のように頭を下げて、礼の金子《きんす》を差し出した。

「こいつはご丁寧なことだ。こっちも店で働いてもらうんだから、礼など要りやせんが、この先娘さんが頼りにする連中への、助七さんからの祝儀に当てさせていただきやしょう。今から、お峰と呼ばせてもらうよ。お前は好《い》いお父《と》っさんとこの世で巡り会えたねえ」

礼の物を引っ込めさせれば、それはそれで不安にもなるだろうと、清兵衛はそれを受け取ったのである。

助七の修業に出している息子は、頭梁《とうりよう》について常陸水戸《ひたちみと》に二年ほど普請《ふしん》に出ることになったので、助七も安心して新居に移り住んだ。

清兵衛は何かというと、店の家屋の修繕を助七に頼んだので、助七はそこでお峰と顔を合わせて言葉を交わすことが出来た。

初めのうちはお峰も緊張で表情が硬《かた》かったが、

「ふふ、清兵衛一家の連中は、皆馬鹿でやくざ者だが、お前を取って食おうとはしないから安心おし」

などとお沢に頬笑《ほほえ》まれると、たちまち心が和《なご》んだ。

清兵衛の乾分達は、物言いも乱暴で、遠慮のない口を利いてくるが、

「何を言ってるのさ、馬鹿……」

などと返しても、

「こいつはいいや、姉さん、頼りにしているぜ」

と、笑顔を返してくれるので、まるで固苦しくはないし、頼もしい兄が何人も出来たような心地がした。

釣具店での仕事もすぐに覚え、接客の作法も教え込まれた。

ここでは何かをしくじっても、

「おやおや、のろまだねえこの娘《こ》は……」

そう言って笑いとばしてくれる。

そして、気が抜けていて、物ごとがうまく運ばなかった時は、

「しっかりしなよ！　危ないからさ」

と、叱《しか》られる。

必ず〝危ないからさ〟が付くのは、
気の緩《ゆる》みは、身に危険を及ぼすものだ。くだらないことで命を粗末《そまつ》にするのは、世話になった者達への裏切りであり、恥ずかしいことなのだ――。

そういう想いが含まれている。

ただの釣具店ではない。浜の清兵衛一家の心意気がそこに表れていなければならないのである。

そういう誇りを自分も共有出来ることが、お峰を凛《りん》とさせていく。

一家の者達は、皆が何かしら脛《すね》に傷を持っている。

それゆえ互いの過去など気にしない。

お峰にとっては、何よりの居場所であり、日々、ここにいることが楽しくて仕方がないようになってきた。

竜蔵もまた、独り者となった助七を気遣って、何かというと道場に呼び出し、稽古《けいこ》場《ば》の修繕を頼んだ。

そうして、

「ちょうどいいや、飯を付合いな」

と言って、夕餉《ゆうげ》に招くのである。
助七はこれをありがたく受け、その替わりに大工仕事の手間賃は一切取らずに、
「お峰の奴《やつ》、近頃《ちかごろ》はあっしを見かけたら、〝おやお父っさん、今日はどうしたんだい？
今のうちには慣れたかい？〟なんて口はばってえことを吐《ぬ》かしやがる。まったく誰《だれ》の
せいで何度も宿替をしたと思ってるんでしょうねえ……」
などとぼやきつつ、美味《うま》そうに酒を飲んだものだ。
娘の落ち着きぶりと、ここに至るまでの人の情けが、酒に溶けて心と体に沁《し》み渡る
のであろう。
「いやいや、竜さんなんて言ったら、こちらのお弟子さん方に叱られるかもしれない
が、子供の頃は竜さんが近くにいてくれるだけで心丈夫だった……。それがまたほど
近《ちけ》えところに住んで、こうして一杯やれるなんて、嬉《うれ》しいやら、ありがてえやらでお
かしな心地でさあ。御新造《ごしんぞ》さん、大事な先生を引っ張り回して、真《まこと》に申し訳ございま
せん。お許しくださいまし……」
帰る時はそんなことを何度も言って、綾に詫《わ》びていくのであった。
そういう助七の姿を見ると、
「旦那様も、好いことをなさいましたねえ」

竜蔵のお節介にも頷《うなず》けるものがあり、これもまた夫の魅力なのだから、仕方があるまいと、綾は思ってしまうのであった。

二

かくして、峡竜蔵が助七を助け、やくざ絵師・景二郎からお峰を取り戻してから、半月ばかりが経《た》った。

お峰は〝大浜〟にすぐに馴染《なじ》んで、元気な姿を見せていたし、助七は竜蔵に呼ばれて道場の修繕に訪れたりしていたが、元より腕の好い大工である。すぐに方々から声がかかり、この三、四日は、忙しそうにしていて竜蔵も彼を道場に呼べなかった。

しかし、それは幸いであった。その間、網結の半次が少し気になる報《しら》せを、竜蔵にもたらしていた。

あれこれ調べるうちに、景二郎には思いもかけぬ後盾が付いていたとわかったのだ。

それは、鉄砲洲《てつぽうず》辺りを縄張《なわば》りとするやくざ者の親分で、鉄砲の弥太五郎《やたごろう》であった。

弥太五郎は、表向きは廻船《かいせん》の積荷の揚げ降ろしを請け負う船問屋の主《あるじ》であるが、仕事の性質上、荒くれを束ねる身であるから、いつしか処《ところ》の顔役となっていた。

景二郎は、この弥太五郎の異母弟にあたるらしい。

「なるほど、ただのやくざ絵師ではなかったわけだな」

話を聞いて、竜蔵は合点がいった。

あれこれあって、別れていた兄弟であったが、弥太五郎にしては数少ない肉親の一人で、景二郎に絵の才があると見るや、絵師にさせてやろうと学ばせた。

そのお蔭《かげ》で、まがりなりにも絵師の体裁を得るまでにはなったが、弥太五郎が顔役として次第に勢力を伸ばすにつれて、景二郎はそれに刺激を受けたようだ。兄の威を借りれば恐いものはないと思ったのか、素行の悪さが目立つようになった。

そもそもが悪党の血を持って生まれてきたのであろう。

己の才を生かして、立派な絵師になろうというのではなく、どんな悪巧みが出来るかを考え始めたのだ。

結局それが、女を慰み物にして金を搾《しぼ》り取る悪業へと彼を向かわせたのであるが、景二郎が弥太五郎の弟だということで、寄ってくる破落戸がいたのは否《いな》めない。

あの居酒屋の熊《くま》の主や、客の破落戸達もそうであろうし、骨董《こっとう》屋の下にいた若い衆も、もしかすると弥太五郎が景二郎に付けていた乾分かもしれない。

この連中は、共に番屋へ引っ立てられ取り調べを受けたが、何というほどの者ではなく、すぐに解き放たれたという。

景二郎はというと、発禁本を売り捌いたり、女を騙《だま》してたらし込み、その家の者を強請《ゆす》ったりした疑いが次々と浮上してきた。

「こんな野郎は、厳しく調べて、島送りにでもする方が世のためってものです」

同心の北原平馬は息巻いたが、吟味方《ぎんみかた》の方では、

「女を騙したと申すが、騙された女にも罪があるはずだ。とかく男と女のことはようわからぬ。重罰に処されるほどのものでもなかろう」

と、景二郎の取り調べに対しては、どこか及び腰で興を示さぬそうな。

「どうも、その弥太五郎ってえのは、お役人や力のある商人に取り入るのが巧みのようで、それが影を落としているような気がしてなりやせん」

と、半次は言う。

もっとも北原平馬は、弥太五郎がどのような伝手《つて》を使って干渉してこようが、長い物に巻かれる気もない。

今は淡々と悪事の証拠を摑《つか》まんとして動き回っている。

半次と国分の猿三も、それを助けて方々当っているのだが、弥太五郎が、当初景二郎を名だたる絵師にせんとしたのは本当のようだ。

人付合いに巧みな弥太五郎は、それなりの身分や地位にある者との交遊において、

弟に絵師がいると箔《はく》が付くと考えたのかもしれない。

しかし、悪党ぶりを発揮する弟を見ていると、それはそれで、どこまでのことをしてのけるのか、興がそそられたのであろうか。

「まあ、お前の思うようにしてみねえ」

と、今度は悪事の才を開花させてやろうと思ったようだ。

まずはお手並拝見で、場合によってはこの先、自分の裏稼業の番頭に置いてもよいというところである。

それでいて、内々の者には、

「こいつはおれの弟でねえ……」

と紹介するが、表向きにはあくまでも他人のふりをしているのだ。

そのような中での、景二郎の不始末である。

「さて、弥太五郎がどう動くかが、ちょいと気になるところですねえ」

と、半次は案じている。

弥太五郎が、怒りの矛先《ほこさき》をお峰に向けてこないかと言うのである。

景二郎が、いかがわしいことをしていて、それが罪に問われるのならば、お峰もその片棒を担いでいたと言えるではないか。

今度の一件では女を惚《ほ》れさせ支配して、あれこれ悪事を無理強いした男が悪いと決めつけられたわけだが、男に強力な庇護者《ひごしゃ》がいれば、

「景二郎ばかりに罪を被《かぶ》せるつもりなのか」

と、お峰贔屓《びいき》を詰《なじ》ってくるであろう。

竜蔵と助七は、北原平馬がいるお蔭で、浅草奥山の外れでの一暴れについては、

「行方知れずの娘を探る上でおきたことで、何も咎《とが》められるものではない」

となったが、平馬が峡竜蔵の愛弟子である事実を問われると、それを〝身贔屓〟だと捉《とら》えられないとも限らない。

そこを衝《つ》いて、一方では、弥太五郎に便宜《べんぎ》を図らんとする役人が出てくるかもしれない。

こうなるとどちらが正義かではなく、義理と利害、面目《めんもく》が絡んでくる。

「まあ、相手には相手の思惑ってものがあるだろうよ。だが、おれは御先祖に誓って、非道はしていねえし、悪いのは景二郎だと信じている。だから何も思わねえし、とにかくお峰は守ってやるつもりさ」

竜蔵は泰然自若《たいぜんじじゃく》としていた。

「あっしも、様子を見ておきます」

半次は、相変わらずの竜蔵の様子を見て、ニヤリと笑った。

悪党が、身のほども知らず世にしゃしゃり出てきて、無理を通そうとする。

そういうことが死ぬほど嫌いな竜蔵は、

「何かあるなら受けて立つぜ」

という姿勢をどこまでも貫く。

出会った頃からまるで変わらぬ竜蔵の姿を、今日もまた間近で見られた喜びが、思わず半次の頬を緩ませたのだが、その一方では、

「――危ねえ、危ねえ」

あれこれと心配が頭の中を駆け巡《めぐ》る。

峡竜蔵という男は、心が勇むと、次にやって来るであろう争いを心待ちにして、楽しむところがあるからだ。

これはもう、竜蔵の持病としか言いようがなく、切っても切り離せないものだと半次は心得ている。

――いざとなりゃあ、おれだって……。

半次もそれを思うと心が浮き立ってくるのだが、もう今までの峡竜蔵ではないのだ。

「親分、何か動きがあれば、また教えておくれ。いつもすまねえな」

片手拝《おが》みで出かける竜蔵の行く先は、本所亀沢町の団野源之進の道場である。

先日の大暴れの一件は、さほど世間に広まってはいない。

源之進は相変わらず、峡竜蔵を公儀武芸修練所の師範に推す考えを示している。

竜蔵にとって、今この時期が特に大事なのを一番わかっていないのは、当の本人のようである。

三

網結の半次が、鉄砲の弥太五郎の話を峡竜蔵に耳打ちしてからほどなく、絵師の景二郎の処分が決まった。

それについては、北原平馬が三田二丁目の道場に立ち寄り、直《じか》に竜蔵に伝えたのだが、

「まったく、役所に勤めるのが嫌になりました……」

平馬は開口一番そう言って嘆《なげ》くと、

「あの悪党が、江戸払いですまされました」

溜息《ためいき》交じりに伝えた。

江戸払いとは、品川《しながわ》、板橋《いたばし》、千住《せんじゅ》、本所、深川《ふかがわ》、四谷大木戸《よつやおおきど》以内での居住の禁止で

ある。

つまり、江戸の町奉行所の支配が及ぶところから出ていけというものなのだが、景二郎のような男は、遠島刑が妥当だと思っていたので、平馬にはまったく得心のいかぬ裁きであった。

「景二郎は今頃、舌を出しておりましょう」

江戸払いなどという刑は、形だけの刑罰といえる。

居住は認められないが、旅の中《ちゅう》に江戸を通り抜けるのは黙認されていたので、旅装をしていれば咎められることはない。

四谷大木戸の外は許されるのなら、内藤新宿《ないとうしんじゅく》にいたとてよいことになる。

さらに、大名、旗本屋敷に潜《もぐ》り込めば、これはもう捕えようがない。

かつて江戸を追放になった豪商・淀屋《よどや》辰五郎《たつごろう》は、米津《よねづ》出羽守《でわのかみ》の屋敷に七年もの間、逗留《とうりゅう》していたという。

そうして外出する時は、いつも旅装をしていたので、これはもうそのまま悠々と江戸に住み続けていたのに等しい。

鉄砲の弥太五郎であれば、財政難の大名、旗本にうまく渡りをつけて、景二郎の住《すみ》処《か》などすぐに確保できよう。

こうなると、景二郎は表向きでは江戸にいないことになっているから、かえって悪事をし易くなるともいえる。

景二郎が女を騙して金を搾り取ってきたことは、確かに悪辣《あくらつ》かもしれないが、どの女も景二郎に無理矢理連れ去られたわけではなかった。

一旦は惚れて引っ付いたのであるから、情夫のために身を売ったとて、それは己《おの》が意志である。

親兄弟のために身を売る娘と、気持ちは変わらぬではないかとされたのだ。

お峰の父親が、娘を取り返しに行った心情は理解出来るし、その父親に刀を振り上げた景二郎の行為は断罪されるべきものであろうが、それも同行した剣客の助けをもってこと無きを得た。

景二郎の立場から考えると、夫婦になる約束を交わした女が、いきなり連れ去られそうになり、気が動転して思わず乱暴な振舞をしてしまった、となる。

もちろん、北原平馬があれこれ調べてみたところでは、景二郎の日頃からの素行の悪さは、見過ごしには出来ない。

それゆえに、江戸払いが相当となったのである。

北町の永田備後守《ながたびんごのかみ》は聡明《そうめい》な奉行であるが、この一件は奉行自らが乗り出すほどのものではない。

ただでさえ奉行は多忙なのだ。平馬もまさか奉行にかけ合うわけにもいかなかった。

「平馬、お前はよく動いてくれたんだ。おれは何も言うことはないよ」

平馬が竜蔵を気遣うように、他の役人にも気遣わねばならない相手がいるのだ。

あまりこだわっては、平馬の立場も悪くなろうから、

「もうこのことには関わらねえでおくれ。お峰はちゃあんとこっちの手に戻ったんだ。そのうちにほとぼりも冷めるだろうよ」

竜蔵はそのように宥《なだ》めた。

十五の歳《とし》に津川壮介《つがわそうすけ》と共に、まだ弟子が三人しかいなかった峡道場に入門した平馬の成長ぶりは、大いに竜蔵を感激させたのだが、話はこれで終らなかったのである。

平馬から処分を聞かされた二日後に、景二郎は四谷大木戸を出て江戸府内から立ち去った。

その直後に、浜の清兵衛の住処である〝大浜〟に、一人の俠客風《きようかく》の男が、乾分二人を連れて訪ねて来た。

男は、柳《やなぎ》の仁助《にすけ》という、鉄砲の弥太五郎の代貸を務める古参の乾分であった。

きっちりと羽織を着て、渡世人なりにわきまえた風情《ふぜい》を見せていたし、終始控え目

な態度を崩さなかったのだが、弥太五郎の遣いで来たとなれば、清兵衛一家にも緊張が走った。

竜蔵は、網結の半次、北原平馬から聞いた話を、ひとまず清兵衛には伝えていた。

清兵衛は既にその辺りの情報は、独自に察知していて、

「何も気にすることはありやせんや。あっしはただお峰坊をお預かりするだけでさあ」

弥太五郎が何を言ってきたとて、何ほどのものでもないと一笑に付した。

だが、弥太五郎が自ら出向かずに、遣いを立ててきたというのはおもしろくない。

ここは清兵衛一家にも、体面がある。

仁助が何をしにきたかは、ほぼわかるだけに、

「きっとお峰のことでしょう。まずあっしが会って話しておきましょうか」

清兵衛一家の古参の乾分、舵取《かじと》りの浪六《なみろく》は清兵衛にそのように伺いを立てた。

今や高齢となった清兵衛への配慮であったが、

「何の話をしに来たかは知らねえが、おれと会いてえというなら、もったいをつけることはねえやな」

まるで構えることもなく、仁助を迎えて自らが応対した。

話は案の定、お峰についてであった。

「不躾《ぶしつけ》なことで恐れ入りますが、今、こちらに、お峰という娘がご厄介になっておりますねえ」

仁助は一通りの挨拶《あいさつ》ごとをすませると、そのように切り出した。

「確かにお峰は、今ここで暮らしておりやす。それがどうかいたしやしたか」

清兵衛は、ゆえあってお峰はこの店の手伝いをしているが、身内同然の娘なのだと、仁助に応《こた》えた。

「ゆえあって……？　その流れはご存知なのですかい？」

仁助は、穏やかだが問い詰めるがごとき口調である。

「流れ？　おれが知っているのは、お峰はおかしな男に騙された哀れな娘だったが、今じゃあすっかり明るさを取り戻して、身にこびりついた垢《あか》も落ちた……、それだけさ」

清兵衛は、怒るでもなく、笑うでもなく、淡々と応えた。

こういうやり取りは、今まで何度もしてきた。その度に体を張ってきた凄《すご》みが、声にも立居振舞にも溢《あふ》れている。

老人の言葉が、不思議な迫力をもって、仁助に届いた。

仁助は気圧《けお》されたが、この男も物心がついた時から渡世人の中で啖呵《たんか》を切っていた、叩き上げのやくざ者である。

齢《よわい》は四十。今や泣く子も黙る鉄砲の弥太五郎を支える男として、人に知られる身であった。

そういう気迫をやり過ごす術《すべ》は心得ている。にこやかに清兵衛を見ると、

「こいつはとんだ考え違えをしておいでだ……」

言葉に力を込めた。

「考え違えだと？」

清兵衛の目が鋭い光を放った。

「へい。間違えておいでで……。お峰が、〝おかしな男に騙された哀れな娘〟と、言いなすったが、騙されるも何も、惚れて夫婦になろうと誓ったはずですぜ」

清兵衛は、何も応えずに黙って仁助を見つめている。

「そりゃあ、男の方が女を、少々手荒に扱ったかもしれねえが、それもこれも互《たげ》えに惚れ合っていたからこそ、遠慮のねえやり取りができるってもんだ。そのように景二郎は申しておりやす」

相変わらず清兵衛は、黙して語らぬ。

「浜の元締ならもうご存知だろうが、景二郎は、あっしの親分の弟にあたる男でしてねえ。それが、惚れた女とよろしくやっていたら、いきなりなさぬ仲の父親が、用心棒を連れてやって来て、お峰を連れ去ったってわけで。そん時、景二郎は酷《ひで》え目に遭わされたあげくに、役人にしょっ引かれて、江戸払いだ。こんなに割の合わねえ話はねえと、兄である鉄砲の親分は嘆いておりやす」

「で、お前さんは、何をどうしてえと言うんだい？」

やっと清兵衛は口を開いた。

「景二郎は江戸払いになりやしたが、江戸のすぐ傍《そば》に住んでやり直すつもりでごぜえやす。こうして罪は償《つぐな》ったんだ。この上はお峰に帰ってもらって、また一から二人で夫婦の暮らしをしていきてえ、そう言っているんですよ」

仁助は身を乗り出した。

「だから何でえ」

「お峰をこっちに引き渡してもらいてえ」

「なるほど、そういうことかい」

清兵衛は、にっこりとして頷いてから、

「お峰は、もう景二郎とは顔を合わすのも嫌だと言っている。夫婦の約束を交わしたことがあったかもしれねえが、そんなものは惚れたはれたの囈言《たわごと》だ。きっちりと間に人を立てて夫婦となったわけじゃあなし。お峰を連れに来たとは傍《かた》ら痛《わいて》えや。お峰をそっちに渡すつもりはねえ。お前も遣いに来た甲斐《かい》もなかろうが、帰ってくんな」

きっぱりと拒《こば》んだ。

「左様でございますか。そんなら鉄砲の親分の顔を立ててやろうというつもりはねえと仰《おっしゃ》るんで……」

「鉄砲のに、おれは米の一粒も恵んでもらった覚えはねえや。借りのねえ者の顔を、この浜の清兵衛が立てにゃあならねえ義理はねえぜ」

「一時は情を交わした男が、江戸を出て行かねえとならなくなったんですぜ、顔を合わすのも嫌だとはお情けねえや」

「江戸を出て行かねばならねえのは、身から出た錆だ。そんな野郎に愛想が尽きたと、お峰は言っているのさ」

「元締……」

「お前は、おれが考え違えをしていると言ったが、そもそもお前に物ごとを質《ただ》される覚えもねえや。お峰はまっとうとまではいかずとも、女を食い物にするような男にだけは寄り添わねえようにと、おれが大事に預っているところだ。そうっとしておいてくんねえ」

　有無を言わせぬ清兵衛の前に、さすがの柳の仁助も二の句が継げずに、

「承知いたしやした。そのまま親分にお伝えいたしやしょう。だが浜の元締、鉄砲の弥太五郎という男は、一旦こうと思ったら、何が何でもそいつをやり遂げようとするお方だ。そいつを忘れねえでおくんなさいな」

　と、頭を下げた。

「ははは、そいつはいいや……！」

　清兵衛は、それを聞いて高らかに笑った。

「今時、そんなちんけな脅《おど》し文句を言う男がいるとは、ははは、昔を思い出して懐かしいぜ。一杯やりてえところだが、互えにすぐ飽きるだろうから、またいつか落ち着いた時のこととしようじゃあねえか。お若《わけ》えの、お前もご苦労だなあ……」

「うむ……」

　仁助は一瞬気色ばんだが、清兵衛の言葉には、怒鳴《どな》り返せない滋味があり、何と言えばよいかわからなくなるのだ。

「浜の元締も、どうぞお達者で……」

　やっとそれだけを捨て台詞《ぜりふ》にして、仁助は〝大浜〟から立ち去った。

「親方……」

舵取りの浪六が、清兵衛の側《そば》へと寄って、ぐっと思い入れをしてみせた。

清兵衛を見る目は、

「さすがは親方だ。惚れ惚れとしましたぜ」

という言葉と、

「鉄砲の弥太五郎は、このまま黙っちゃあおりやせんぜ」

という言葉を告げている。

「そう身構えることもねえよ」

清兵衛は、まるで動じない。

「何か仕掛けてきたら、その時に考えりゃあいいことだ」

どうせ渡世に身を置いているのだ。日頃から、命は体の外にある。

度胸を据《す》えていればよいのだ――。

日頃の侠気《きょうき》を試すよい機会ではないかと、清兵衛は今の想いをその一言に込めた。

浪六にはそれがよくわかる。

「承知いたしやした」

ただ一言で応えられる男の喜びを、彼は今噛《か》み締めている。

四

「言うだけのことは、言って参りやした」

「そうかい。それで爺《じい》さんは、やはり娘は渡さねえと……？」

「へい、それが爺ィ《じじ》のくせに、ちょこざいなことを言いましてね」

「そんなこたあ、どうだっていいや。この鉄砲の弥太五郎が、返してもらいたいと頼む、そいつを浜の清兵衛がはねつける。それで十分よ」

「そいつは初めから知れていたと？」

「ああ、そうでねえとおもしろくはねえや」

「親分は端《はな》から、清兵衛一家に喧嘩《けんか》を仕掛けるきっかけを捜していたんですねえ」

「まずそんなところよ。お峰を取り戻したとて、いくらにもならねえんだ」

「確かに、仰る通りで」

「気になるのは、峡竜蔵っていう馬鹿野郎だなあ」

「へい、方々で噂《うわさ》が入って参りやす。何でも、馬鹿みてえに喧嘩が強《つえ》えとか」

「お峰のなさぬ仲の父親というのも馬鹿野郎だが、何でもその幼馴染とか」

「そのようで」

「馬鹿は馬鹿同士、助け合うってわけか。景二郎もとんだ女に手を出したってことだな」

「いずれにせよ、この野郎が出張ってきたら面倒なことになりますぜ」

「ふッ、直心影流の遣い手だっていうからなあ」

「とはいうものの、こっちにも住田《すみた》徹五郎《てつごろう》、沼沢《ぬまさわ》利右衛門《りえもん》という腕利きの旦那がおりやす。この二人は、世が世であれば、立派なやっとうの先生だったと誰もが口を揃《そろ》えて言いやすからねえ」

「そのようだな。なまじ腕が立つゆえに、間違いを起こしたと聞いているぜ」

「世の中ってえのは、皮肉なもんでございますねえ」

「だが、峡竜蔵ってえのは、昔から相当な暴れ者だってえのに、身を持ち崩すどころか、偉《えれ》え師範になろうって話だ。まったく油断がならねえや」

柳の仁助は、浜の清兵衛への遣いを終えると、鉄砲の弥太五郎に次第を報せていた。所は鉄砲洲十軒町《じっけんちょう》の〝てっぽう屋〟という船問屋の奥の一間である。

網結の半次の予想は、確かなものとなっていた。

いや、半次の予想をさらに超えていたと言うべきであろうか。

弥太五郎にとっては、お峰など取るに足らぬ存在であるが、弟が言い交わした女と位置付け、お峰を返せと迫ることで、浜の清兵衛一家と接触したかったのである。

もちろん、清兵衛がこれを拒むのをわかった上で、仁助を遣いにやったのだ。

弥太五郎は、以前から芝界隈に己が縄張りを築きたかった。

大川沿い、海沿いの土地には、色んな旨味《うまみ》が転がっているからだ。

それには浜の清兵衛一家を叩いておく必要がある。

清兵衛という侠客は、時に賭場《どば》を立てたり商人の揉《も》め事を仲裁したり、露天商の束《たば》ねをしたりしているが、阿漕《あこぎ》な商売を決してしないことで信用を得ている。

だが、闇や裏に通じている者には、少々の阿漕さは付き物で、

「あの爺さんは、宝の山にいながら、それを掘り起こそうともしやがらねえ」

人がよいのも馬鹿の内だと嘲笑《あざわら》いつつ、虎視眈々《こしたんたん》と付け入る隙《すき》を狙《ねら》っていたのだ。

景二郎がくだらぬことをしでかして番屋へしょっ引かれたと聞いた時は、

「まったくのろまな野郎だ。放っておけばいいぜ」

と、初めは救済には動かなかった。

少し顔を利かせれば、微罪ですまされるだろうが、馬鹿な者のために、大事な伝手は使いたくなかった。

一度頭を下げる度に借りが出来ていくのだ。割の好いことでこそ、人に頭を下げた

いものだと、弥太五郎は日頃思っている。

「頼みごとは、ここぞという時にしねえとよう……」

こんなこともあろうかと、表向きには景二郎を弟と認めていなかったのだ。

とはいえ、どこから自分に火の粉がふりかかるか知れたものではない。

仁助に、景二郎の一件を詳しく調べさせたところ、何とお峰は、浜の清兵衛の住処である釣具店に、女中として奉公しているというではないか。

こうなると、たちまち景二郎はかわいい弟となる。

日頃、飼い慣らしている役人や、弱味を握っている富商の伝手を生かして、景二郎の刑が軽減されるように手を尽くし、

「御府内から出たところで、惚れた女と一からやり直させてやりとうございます」

などと、わかったようなことを言い立てて、清兵衛にお峰の返還を求めたわけだ。

まったくの無理押しであるが、それがやくざ者の正当な理屈なのである。

そうして、この日は遂に、宣戦布告ともいえる申し出を清兵衛に伝えた。

さてこれからどう攻めるかであるが、大きな問題は峡竜蔵である。剣術の立派な師範でありながら、市井の喧嘩に首を突っ込んでくるという性質《たち》の悪い男だという。

剣術がいくら強くとも、剣客たる者は、市井の喧嘩で太刀を振り回す真似《まね》は出来ない。

それゆえ、道場の師範など恐るるに足りずと思ってきたが、この峡竜蔵なる剣客は、喧嘩名人として名が通っている。

弥太五郎は、喧嘩上手で親分と呼ばれるようになった男であるから、名人と呼ばれる竜蔵が気になって探ってみると、ますます手強い相手と思われた。

武士という者は、町の者に負けそうになるとついむきになり、腰の太刀を抜き放って暴れてしまう者が多い。

しかし、峡竜蔵はそこの駆け引きがうまく、身に危険が迫った時はためらいなく刀を抜くが、それが武士同士の果し合いとなるよう、うまく立廻《たちまわ》る。

どこまでも喧嘩慣れをしているらしい。

「そんなに厄介《やっかい》な野郎なんですかい」

仁助は、敵をよく知る弥太五郎に感心しつつ、思わず腕組みをした。

「ああ、厄介な野郎だが、奴も人だ。何かしら弱味があるってもんよ」

弥太五郎はしかし、ニヤリと笑った。

「そいつはいってえ……？」

「ふふふ、喧嘩に出てこれねえようにしてやればいいのさ」

「親分は、その策をもう考えていなさるんですかい？」

「当り前よ。いいか、喧嘩は頭の好い方が勝つんだ」

「あっしには耳の痛え話でさあ」

「まず見ていろ。浜の清兵衛に引導を渡してやらあ……」

五

それからすぐに、浜の清兵衛の周辺で異変が起きた。

まず、〝大浜〟にやって来た客が、釣った魚を二階の座敷で刺身にして一杯やりながら、接客に出たお峰に、

「おや、姉さん、好い女だねえ。どこかで会ったことはなかったたっけなあ」

などと声をかけた。

「あら、お上手ですこと……」

近頃では、客あしらいも上手になったお峰が、愛想をふりまくと、

「いやいやどこかで会ったような気がするがねえ」

客は、若い男の三人組で、顔を見合うと、

「そうだ。こいつによく似ているんじゃあねえのかい？」

そのうちの一人が懐から、景二郎が描いたお峰の美人画を出して広げた。

「……！」

　客あしらいがうまくなったとはいえ、まだ十七の娘である。

　浴衣がはだけたあられもない自分の姿が描かれた絵を見せられると、声を失った。

「何でえ、そう驚くこともねえやな」

「これくれえの絵を恥ずかしがるような姉さんでもねえだろうよ」

「いや、もしかして、この絵はお前なのかい？　え？　そうなのかい？」

　この客が、鉄砲一家の乾分達であるのは、言うまでもない。

　お峰は、忘れかけていた忌《い》まわしい思い出が、頭の中を駆け巡り、思わずその場から逃げ出していた。

　お沢がすぐにそれに気付き、

「お客さん、嫌ですよう、若い娘をからかっちゃあ。あの娘はまだ初心《うぶ》でしてねえ」

　そのように取り繕《つくろ》いつつ、何とかその場を収めた。

　お沢には、すぐにそれが鉄砲の弥太五郎の嫌がらせだと察しがついたが、そこで騒げばその絵がお峰を描いた物であると認めたことになると思ったのだ。

　三人の客は、どこまでも偶然を装って、その日は帰っていった。

　彼らにとっては、まずお峰に、

「何もかも、すんだことと思うなよ」

という意思表示が出来ればよかったし、十分に揺さぶりをかけられたというところなのであろう。

〝大浜〟は、清兵衛一家の本拠である。

下手をすると、三人では叩き出されるのがよいところなのだ。

弥太五郎は、三人にはどこまでも、しゃあしゃあと客を装うように命じていた。

清兵衛は、事情が呑《の》み込めたとしても、たまさかに景二郎の絵を持っている客もいるかもしれないのだ。

「手前らは、弥太五郎の回し者か!」

と、騒ぎ立てず、黙ってやり過ごす懐の深さを見せるであろう。

その辺りのことは、読んでいたのだ。

お沢も、清兵衛の出方はよくわかっている。

それゆえ、若い衆に伝えては騒ぎになると、客が店を出てから清兵衛に耳打ちした。

「そうかい……。そいつはよくしてくれたな」

清兵衛はお沢の気働きを大いに称《たた》えると、

「お峰を呼んでおくれ」

と、自室へ来るように伝えた。

「親方……、どうしたらよいのでしょう……」

お峰はすぐにやって来たが、不安と悔恨《かいこん》に色を失っていた。

「どうしたもこうしたも、すんじまったことは仕方がねえやな。若え頃しでかした馬鹿が、後になって手前に災《わざわい》となってふりかかってくる。それは誰にだってあることだ。手前がまいた種だ。こんな時は、〝確かにあたしに似ておりますねえ。さあ、誰なんでしょうねえ……〟などと言って、笑いとばしてやんな。そのうち、お前にそんな話をしてくる者もいなくなるさ。手前を責めたりして、悦に入っちゃあ承知しねえぜ」

清兵衛は、ここでもにこりと笑った。

「はい……！　左様でございますねえ。お手間をとらせて申し訳ございません……」

お峰は、たちまち笑顔を取り戻した。

もう決して、以前の自分には戻るものかと心に誓ったのである。茨《いばら》の道がこの先続くかと思いきや、ここでの暮らしが思いの外に楽しかったので、いつしかその覚悟が薄らいでいた。

「まあ、こんなことは、父親じゃあねえ、他人だからあっさり言えるんだがな。はははは……」

清兵衛は、助七への気遣いも忘れなかった。

「親方、この先もわたしを、ここに置いてくださいし……」

お峰は己が意志を改めて伝えると、軽やかな足取りで、お沢の許へと戻った。

「う〜む……」

笑いとばしはしたものの、浜の清兵衛は、人生最後の侠客としての大喧嘩を覚悟していた。

今までは、天下泰平の感が縄張り内にも充《み》ち溢れ、おかしな連中がうろつくこともなかったのだが、平和に慣れ、顔役が年老いると、必ずつけ入る者が出てくる。

清兵衛がこの界隈の裏社会で元締と呼ばれるようになったのは、以前の顔役が老いて、乾分同士の衝突を御しきれなくなったからで、弟分であった清兵衛が束ねとなったのだ。

その時も、不平をどこまでも言い募る者がいて、結局は喧嘩沙汰《ざた》によって押さえつけ、争いは収まった。

縄張りを牛耳る自分が好い目を見ていると思われてはいけない。

そう思って阿漕な商売には一切手を出さずにきた。

だが、不平不満を言う者は、徹底的に押さえつけて、自分は暴利を得る。その利がまた人を跪《ひざまず》かせる。

そのような考え方を持つ者も出てこよう。

鉄砲の弥太五郎は、浜の清兵衛ではもうこの界隈を仕切りきれないと、世間に思わせて、着実に出張ってきて、そのうちに自分の縄張りにするつもりなのだろう。

清兵衛には子供もいない。いたとしても、縄張りを仕切る元締などには、したくもない。

弥太五郎が真の男伊達《だて》ならば、既存の侠客達と上手に付合いつつ、芝、三田、高輪《たかなわ》界隈を仕切ってもらいたいと、自分から持ちかけてもよいくらいだ。

しかし、弥太五郎では町が荒れる。男の意地をかけて、はねつけねばならない。

あらゆる騒ぎが起こるであろう。じっと考える清兵衛であったが、さすがに老練の清兵衛の予測は次々と現実のものとなった。

まず、芝神明《しばしんめい》といわれる盛り場でそれは起こった。

見世物小屋、茶屋、楊弓場《ようきゅうば》……。あらゆる遊興の場が建ち並ぶ、西都最大の盛り場といっても過言でないこの地には、〝濱清《はませい》〟という見世物小屋がある。

水芸、居合《いあい》抜き、軽業、曲文字《くせもじ》書き……、雑芸を見せるこの小屋は、名でわかるように、浜の清兵衛が小屋主であり、乾分達のつなぎの場にもなっている。

なかなかに人気のある小屋で、その日も札止めの盛況であったのだが、

「何でえ何でえ、おもしれえと聞いてきたが、けちな見世物じゃあねえか」

と、客の中で大声をあげて文句を言う者が現れた。

ごくまれに、酔った客が騒ぐことがあるがこの連中は五人組で、明らかに難癖《なんくせ》をつけてやろうという意図が窺《うかが》われた。

当然、清兵衛一家の若い衆が宥めにかかったが、

「手前がしゃしゃり出ることがあるかい！」

「代わりに何か芸でも見せるってえのかよう」

端から暴れるつもりで来たのだ。五人で舞台の上にあがって、若い衆を叩き伏せた。

〝濱清〟は、清兵衛の乾分の安次郎《やすじろう》が仕切っている。

「安……」

と、峡竜蔵が親しんだこの男も、今では清兵衛一家の兄貴格で、清兵衛からあれこれ任されることも増えた。それゆえ、この時は外出をしていて、小屋が騒ぎになってから駆け付けて、

「手前ら、ここをどこだと思ってやがる！」

と、地廻りの連中を助っ人にして、五人を殴りつけ、追い払った。

だが、安次郎は、その時頭に閃《ひらめ》くものがあった。〝大浜〟にいるお峰について、鉄砲の弥太五郎が、あれこれ言い立てていると聞いていたからだ。

「おれに付いて来い……」

安次郎は、〝濱清〟に止《とど》まらずに、若い衆を五人ばかり引き連れて、参道にある休み処〝あまのや〟へ駆けつけた。

弥太五郎が嫌がらせに出たのなら、ここも狙われたかもしれないと、胸騒ぎを覚えたのである。

〝あまのや〟は、清兵衛の息のかかった店として、今までにも何度かこの物語の舞台になっている。

茶屋であるが、ちょっとした物も食べられて、密談が出来る小座敷も備えているので、何かと重宝する店なのだ。

「畜生《ちくしょう》め……！」

安次郎の胸騒ぎは当っていた。

〝あまのや〟に着くと、土間の床几《しょうぎ》がいくつもひっくり返っていて、茶碗《ちゃわん》や盆が散乱していた。

小座敷では、ここに詰めている若い衆二人が、傷だらけで寝かされていた。

「おい！　いってえ何があった？」

訊《たず》ねると、二人が息も絶え絶えに言うには、芝神明の参拝帰りだという客が十人くらいで店へ入ってきて、

「おう！　酒だ！　酒を持ってこい！」

と、がなり始めた。

どう見てもその様子は、どこかの破落戸の風体で、他の客が一斉に怪訝《けげん》な目を向けた。

清兵衛一家の息のかかった店である。女中達も肚《はら》は据っている。

「そんな風にお騒ぎになると、お参りのお客さんが恐がるじゃあありませんか。この店では確かにお酒はお出しいたしますが、その様子でお過ごしになるのなら、こんな休み処ではなくて、どこか居酒屋にでも繰り出されたらどうです？」

そのように窘《たしな》めた。すると男達は、それを待っていたかのように、

「何だと？　酒は置いているが、出すか出さねえかは客次第って言やがるのかよ！」

「ここは浜の元締が仕切っている店と聞いたが、客を選ぶとは聞いていなかったぜ」

「気に入らねえなら叩き出しゃあ、いいじゃあねえか！」

口々にがなり立てた。

仕方なしに、若い衆が出て宥めにかかったが、

「三下は引っ込んでやがれ！」

と、遂に暴れ出したのだという。

「そうかい。大変な目に遭ったもんだな。まずは養生してくんな……」

安次郎は、怒りを抑えて若い二人を労《ねぎら》うと、

「浜の元締が仕切っている店……、奴らはそうぬかしやがったんだな。こいつは、はっきりと喧嘩を売られたってことだな」

忌々《いまいま》しそうに思い入れをした。

六

この報せが、峡竜蔵に届かぬはずはなかった。

「野郎、おれが叩き潰してやらあ！」

浜の清兵衛の縄張りが次々に襲われ、あろうことか〝大浜〟にも、お峰をからかう輩《やから》が現れていたと聞けば、大師範の風格が出てきた竜蔵とて頭に血が上らぬはずがない。

こうなるのはわかっているので、清兵衛一家も、網結の半次も報せるのを控えたの

だが、

「どうせわかることだと思ったから……」

と、これを小耳に挟んだ助七が、竜蔵に相談をしに来たのだ。

助七にしてみれば、自分達父娘のせいで、清兵衛に害が及んだのである。何と詫びればよいかというところであろう。

清兵衛に諭《さと》されて、元気を取り戻したお峰も、このことを知って再び打ち沈んでいるという。

「庄さん、新吾、ちょっとの間、道場を頼んだぜ」

竜蔵は、道場の執政・竹中庄太夫と、師範代の神森新吾を呼んで、そのように告げた。

その上で、妻の綾には、

「ちょいと面倒が起こったようだ。なに、大したこともねえから、何も言わずに見ていておくれ」

そう言い置いて、助七を伴って〝大浜〟へと出かけたのである。

「竹中さん、これはどうしたものですかねえ」

「新殿、先生におかれては、真に困ったものだが、止められるものでもなかろう」

「まったくもって……。されど、何やら懐かしゅうござりまするな」

「いかにも、あの怒りようは、いつ以来であろうかのう」

新吾と庄太夫は、顔を見合って嘆息した。この二人は、峡竜蔵が暴れるのをいつも横で見てきただけに、竜蔵の怒りの度合を誰よりも肌でわかる。

「今が大事な時だというのに」

「これはまた、一暴れの気配じゃな」

「困りましたねえ」

「ほんに困ったことじゃ」

そう言いつつ、二人は久しぶりに生身の峡竜蔵をまのあたりにしたような気がして、何やら浮き浮きとするのである。

綾はというと、すぐに庄太夫と新吾の許に来て、

「何も言わずに見ていておくれ、と言われてしまいましたよ」

二人と同じように、まず溜息をついたが、

「今度こそはわたくし達三人で、あの乱暴者を諫《いさ》めねばなりませぬ。色々と義理や面目があるかもしれませぬが、それを果すのは喧嘩だけではありませぬ。そこを知恵を絞りとうございます」

竜蔵の度が過ぎたお節介は、長い間、この三人にとっての頭痛の種であったと、言わんばかりに顔を紅潮させた。

新吾と庄太夫は、大きく頷いてみせたが、どこか楽しげな綾の様子を見ていると、結局は竜蔵の暴走をおもしろがっている風にも思える。

この日の怒り方が昔の竜蔵のそれであったからだが、今度ばかりは何とか止めねばなるまい。

竜蔵が絡むことで、騒ぎがさらに大きくなる恐れもあるのだ。

峡道場の首脳三人はあれこれと意見を出し合った。なかなか好い案は出ないものの、三人の表情はいつになく生き生きとしている。

そうしてみると、やはりこの道場は、公私ともに峡竜蔵が大暴れしないと、おもしろみに欠けるようだ。

そういう三人をよそに、竜蔵は〝大浜〟へ助七を連れて駆け込んだ。

「やはり来なすったか……」

清兵衛は、困惑と嬉しさが入り交じった顔で二人を迎えた。

「親方、何とお詫びを申し上げてよいやら……」

まずそう言って頭《こうべ》を垂れる助七の横合から、

「いや、親方に頼んだのはおれだ。とんだことに巻き込んじまったようだ。許しておくれ。この落し前はおれがつけるからよう」

竜蔵が身を乗り出した。

考えてみれば、鉄砲の弥太五郎が何かを仕掛けてくると、想像がついたはずであった。

その辺りをよく思案もせずに、安易にお峰を清兵衛に預けたのは、まったくもって己が不覚であった。竜蔵にはそれが堪《たま》らなかった。

「まあ、待っておくんなさいな」

清兵衛は、竜蔵の威勢のよさを、つくづくと嬉しそうに見つめていたが、

「あの鉄砲の弥太五郎とは、遅かれ早かれ、やり合わねえといけねえことになっていたんですよう」

宥めるように言った。

もう二、三年前から、弥太五郎は清兵衛の縄張り内に、やたらと出入りするようになっていた。

表向きは、増上寺参詣《ぞうじょうじさんけい》であったり、昔馴染の料理屋を訪ねたりであるが、清兵衛はそれが弥太五郎の縄張りへの色気と見ていた。

清兵衛の目に、鉄砲の弥太五郎は油断ならない男と映っていた。

やくざ稼業を前に出さず、あくまでも船問屋の親方として、方々に顔を利かし、そこで知り合った旦那衆に巧みに取り入り、汚れ仕事を引き受けることで力をつけていった。

香具師の一家とはまた一線を画していて、古い因襲《いんしゅう》や義理に囚《とら》われずに、人脈、金、そして力で縄張りを仕切っていくのが流儀である。

そんな男だけに、ある日突然、何かをきっかけに縄張りを荒らしに来るかもしれないと危惧《きぐ》はしていた。

「胸の中に引っかかっていたものが、いよいよ本当になっちまったってところで、まあ、どこかすっきりとしておりますよ」

清兵衛は、晴れ晴れとしていた。

弥太五郎は、今までも何かきっかけを掴もうとしていたものの、清兵衛が隙を見せないので、お峰をだしにして無理押しをしてきたのだが、

「奴は焦って、理屈に合わねえことで絡んできた……。大義ってえものは、こっちにありまさあ。むしろお峰が来てくれてよかったと思っておりやすよ」

大義ある側が、とどのつまりは喧嘩に勝つものだと清兵衛は信じている。

お峰の景二郎へのきっぱりとした拒絶がある限り、喧嘩に負けはしないのだ。

「親方、そうだといって、おれは黙って見ているわけにはいかねえや。いっそ、弥太五郎の住処へ、こっちの方から殴り込みをかけてやろうじゃあねえか」

竜蔵の昂《たか》ぶりはなかなか鎮《しず》まらなかった。

「ははは、好いですねえ、旦那のその心意気、久しぶりですぜ。そんな威勢の好い言葉を聞いたのは」

「なに、親方には何もさせねえから大船に乗ったつもりでいてくんな」

「旦那、何卒そいつはご勘弁願いますよ。こいつは、あっしが売られた喧嘩ですからねえ」

「そうだったな。逃げたと思われちゃあ傍ら痛えや。まずはおれが助っ人をするってところかねえ」

「旦那、それもよしにしておくんなさい。旦那にとっちゃあ、今は大切な刻《とき》だとお聞きしておりやす」

「おれの出世のことを気にかけてくれるならよしにしねえ」

「いや、それはできやせん。あっしは旦那の贔屓《ひいき》なんですぜ。その相手に傷がつくような真似は死んだってできませんや」

「おい、親方……」

「旦那がこうやって駆けつけてくださっただけで、あっしはもう死んでもいい心地なんでさあ。どうせ老い先短けえ身だ。ここで好い恰好《かっこう》をさせてやっておくんなさいまし……」

「う〜む、おれが助っ人をしたらいけねえかい？」

「へい。そいつはいけません。今も言ったように、お峰坊のことは、何のお気遣いもいりやせん。そうして、どんな風に仕掛けてこようが、死んだってお峰坊を渡しはしやせんから、どうか見守っていてやっておくんなさい」

清兵衛は強い口調で言った。

「わかった。親方の言う通りにするよ」

竜蔵は、渋々その言葉に従った。

自分が出張ることが、かえって清兵衛の足を引っ張るかもしれないと考え直したのだ。

「ただひとつだけ、迷惑ついでに頼んでおきてえことがあるんだ」

「何なりと……」

「助七を、しばらく親方のところへ置いてやってもらえねえか。その方が安心だし、お峰も落ち着くと思うんだがなあ」

傍らでうなだれる助七を見ながら竜蔵は頭を下げた。

「どうぞお楽になさってくだせえ。あっしもそうするのが好いと思っておりやした」

清兵衛は、にこりと笑った。何もかも肚の内に呑み込んで泰然自若としている男の凄みを、竜蔵は見たような気がした。

人は老いるのではない。完成されていくのだ。清兵衛の姿は晩年の師・藤川弥司郎右衛門の佇《たたず》まいを思い出させる。

竜蔵は、己が剣がまだまだ道半ばであると、この俠客を前にして、思い知った気がしていた。

七

うろたえずに、どんと構える浜の清兵衛であったが、鉄砲の弥太五郎は、まるで知らぬ顔を貫き、破落戸達を送り込んできた。

連中の特徴は、暴れたかと思うと逃げていく、その見切りが早いことだ。

とにかく捕えられないようにするのが先決のようだ。

そして、暴れる場所は方々で、防ぎようがなかった。

弥太五郎は、自分の指図で兵隊が動いていることをどこまでも認めないつもりらしい。

しかし、清兵衛一家の方では、そうだと察しがついているだけに、不気味で仕方がない。

勝ち負けではなく、清兵衛の縄張り内で、次々に騒動を起こし、乾分達を疲弊《ひへい》させるのが、弥太五郎の戦法なのだ。

かくなる上は、弥太五郎の本丸に殴り込みをかけ、先制攻撃を仕掛けるのが何よりかもしれないが、それは清兵衛一家の立場を悪くする。

万事抜け目のない弥太五郎は、いけしゃあしゃあと役人に訴え出て、清兵衛一家の非道を詰るであろう。

清兵衛にしてみれば、売られた喧嘩を買っただけとなるが、そこをうまくつくのが弥太五郎の手口なのだ。

清兵衛は、それがわかっているだけに、安次郎など血の気の多い乾分達に自重を促し、縄張り内でおかしな者を見たら、追い払う布陣を怠らぬようにしろと、それだけを伝えていた。

「そもそもがよう、人ってものは絶えず危ねえ橋を渡っているようなものさ。穏やかな暮らしが当り前だと思う、のろまになっちゃあいけねえや。命はいつだってお天道様に預けているんだ。男だったら、どんと構えていようじゃあねえか」

清兵衛にそう言われると乾分達は、皆一様に心が落ち着いた。

自分達は徒党を組んでいるのではない。男伊達が一人一人寄り集まって清兵衛一家となっているのだ——。

浮き足立つことなく、淡々と破落戸達に対処した。

こうなると、逆に弥太五郎の方が焦りを覚えてきた。

今までは、揺さぶりをかけることで清兵衛一家に不安を与え、そこから疑心暗鬼が生まれるのを期待していた。

相手の内側を乱しておいて、やがて一気に片をつける。そのきっかけが、なかなか見つからなかったのだ。

だが、矢は既に放たれている。

弥太五郎は、ついに賭《か》けに出た。

再び仁助を清兵衛の許に送り、お峰のことであれこれ行き違いと誤解が生じているようである。ここは自分の方から神明に出向くので、どこか気の張らぬ掛け茶屋で、会って話したいと申し出たのである。

清兵衛は、弥太五郎が腹にいちもつを隠しているのはわかっていたが、自分の縄張り内に出向いて来るというのを断るわけにもいかなかった。

柳の仁助と、他に乾分は二人だけ連れていくが、それはあくまでも古参の者に、話の成り行きを覚え聞かせるためのものだと、固く誓われては是非もない。

あれこれ疑われていると思うので、当日は自分達を清兵衛一家の乾分達で囲んでもらってもいいとさえ言っていた。

「まあ、来るというなら会いもしようよ」

清兵衛は、いつもの調子で申し出を受けた。

その日は十月十二日で願いたいと言ってきたので、それも了承した。

近々湊《みなと》に大船が着き、荷上げの仕事が立て込んでいるらしいが、それも確かなことであり、清兵衛はそのまま呑み込んだのであった。

峡竜蔵は、すぐにそれを察知した。

そろそろ鉄砲の弥太五郎から、喧嘩状が送られてくるかと思い、網結の半次にそっと様子を見守らせていたのだ。

腕利きの御用聞きとして名を馳《は》せた半次も、若い頃は暴れ者の網結の倅《せがれ》であった。

それが浜の清兵衛に意見をされてから立ち直り、今に至る。峡道場の三番弟子となったのも、清兵衛の紹介によるものであった。ゆえに清兵衛一家の内情には通じている。

そして清兵衛からは、

「くれぐれも、旦那を巻き込まねえようにしておくれ」

と、逆に竜蔵の様子を訊かれるので、半次も当惑を隠せず、

「先生は、いってえどうお考えなんでしょうねえ」

峡道場での盟友である竹中庄太夫にそっと語ると、

「そりゃあ親分、うちの先生はその掛け茶屋をそっと覗きに行くつもりだろうが、清兵衛の親方はそれを見越して、くれぐれも傍に来てくれるなと、断りが入っているようじゃよ」

庄太夫も、少しそわそわして応えた。

「これも弥太五郎の策なのかは知れぬが、先生もおいそれと動けぬご様子で、な」

波乱含みの秋は冬へと舞台を変えていた。

八

浜の清兵衛が、決して関わってはくれるなと言ったとて、やはり峡竜蔵はその通りに見守っていることなど出来なかった。

十月十二日に、清兵衛は弥太五郎と会うそうな。

あれこれ話し合って片を付けようと弥太五郎は言っているようだが、何か企んでいるのに決まっている。

弥太五郎には、住田徹五郎、沼沢利右衛門という凄腕の用心棒がついているという。こ奴らが遊客に紛れて芝神明に潜入していれば、こちらもそれに対抗する凄腕が必要であろう。

芝浜には、現在漁師となって暮らす、五十嵐左内《いがらしさない》という、凄腕の人斬《ひとき》りがいるものの、清兵衛は彼の助っ人を強く拒んでいた。

左内は裏稼業で人を斬っていた男である。

大喧嘩に巻き込んで、その辺りのことが公になると、左内もただでは済まされないであろうし、清兵衛の方もそこから痛くもない腹を探られることになるかもしれない。

やっと人斬りから脱し、漁師になって平和な道を歩んでいるのだ。目立ったことをしてもらいたくないのは当然であった。

それでも左内とて、浜の清兵衛には世話になっている。どうなろうが駆けつける気持ちでいるだろう。

だが、そうなると、竜蔵がお峰を清兵衛に預けた波紋が、左内に広がることにもなる。

竜蔵はそれを見越して、既に左内を訪ね、

「いざとなれば、この竜蔵にお任せあれ」

と、強い意志を込めて告げていた。

それゆえ、やはりその場には出向かねばならないのだが、竜蔵は思わぬ楔《くさび》を打ち込まれることになる。

まず、団野源之進の道場へ稽古に出かけた折に、源之進から武芸修練所の開設において、大番頭《おおばんがしら》の安藤主殿頭《あんどうとのものかみ》が、肝煎《きもいり》になると聞かされた。

主殿頭は、武芸に長じていて、この度の修練所創設にあたっては、大いに心血を注いでいる一人であった。

峡竜蔵の名声も聞き及んでいて、これを推す団野源之進を激賞しているという。

「だが、主殿頭様は、なかなかに細やかな人でな。体面や体裁をお気になされるところがある。某《それがし》もそこのところがちと苦手なのだが、まず、竜蔵殿に会えば、お気に召されよう」

源之進は少し苦笑いの体で、竜蔵に伝えたものだ。

「さて、お気に召されますかな」

竜蔵は耳が痛かった。

体面や体裁を気にするようなお偉方と、どこかで会わねばならぬかと思うと、億劫《おっくう》であるし、その人が源之進を賞しているとなれば下手なことは出来ない。

喧嘩の助っ人などすれば、源之進にも迷惑が及ぶかもしれないではないか。

どうも気分が重たいまま、翌日、佐原信濃守邸への出稽古に行くと、その安藤主殿頭が、佐原邸の武芸場に現れたのだ。

大番頭は、幕府番方の長ともいえる重職である。五千石以上の旗本、または譜代大名から選ばれ、大目付よりも尚《なお》上位にある。

その安藤主殿頭が、武芸修練所開設にあたっての検分とはいえ、信濃守の屋敷に訪ねてくるとは、異例のことと言える。

「まったく面倒なことだが、まあ、ちょっとの間、付合ってくれぬか……」

信濃守は、いつもながらのくだけた物言いで、武芸場に主殿頭を迎え、そこは自分が最初に峡竜蔵を剣術指南に招いたところであるということを自慢気に、
見所で主殿頭に語ったのである。

「当代きっての遣い手と存じまする」

主殿頭は、竜蔵の剣技に感嘆し、

「さすがは信濃守殿じゃ。お目が高い」

と、持ち上げておいてから、稽古後に竜蔵を召し出し、

「団野先生が推すだけのことはある。真に見事じゃ。修練所開設の折は、存分に力を貸してもらいたいものじゃ」

と、告げた。

信濃守と同じ年恰好で、いかにも切れ者の風を漂わせつつも、どこか男としての線の細さを思わせる――。

竜蔵は、安藤主殿頭について語った時の、団野源之進の苦笑いも、信濃守が、〝面倒なことだが〟と口走ったことにも合点がいったのであるが、

「そなたは、若い頃は大の喧嘩好きであったと聞き及んでいるが、今では立派な師範ぶりだとか……。若い血の気の多い者達の手本となる、剣術師範になってもらいたいものよのう」

主殿頭は、そう言って何度も頷いた。

竜蔵は、一刻も早く屋敷から出たくなった。

主殿頭の自分への期待には、何やらすっきりとせぬものが感じられたからだ。

信濃守は、別れ際に、

「先生、すまなんだな。まあ、互いに世に出るということは、面倒がつきまとうとい

うことだ」

囁《ささや》くように言った。

「そのようなものなのでござりまするな……」

竜蔵は、やれやれと思い、道場へ戻ったのだが、安藤主殿頭は団野源之進、佐原信濃守に、峡竜蔵は武芸修練所の師範に相応《ふさわ》しい人格者であらねばならないと、釘《くぎ》を刺したといえる。

この二人に、恥をかかすことは出来なかった。竜蔵はさすがに意気消沈した。

十月十二日の清兵衛、弥太五郎の会見の場で、何か騒動が起こるのは間違いない。

喧嘩名人と恐れられた竜蔵には、それがよくわかる。

しかし、くれぐれもその場には来てくれるなと清兵衛は言う。その上に、ここまで義理を背負わされては動きようがないのだ。

竜蔵は、牙《きば》を抜かれ、爪《つめ》をもがれたかのような心地となり、道場に戻ると仏頂面で考え込んだ。

綾は、竜蔵の不機嫌が何ゆえのことか、すぐにわかった。

――清兵衛の親方とて考えもあるでしょうに、どうあっても自分が出張らないと気がすまないようで。真に困ったお人です。

綾は、おかしさを覚えつつ、その一方ではいい加減にしろと腹だたしくなってきて、

「旦那様、あれこれ呑み込んで、黙って見守るのも男の辛抱だと、わたしは思います」

と、その夜、ただ一言だけ告げた。

竜蔵は、いつもながらに綾に気圧されて、

「お前の言う通りだ！　今度は動かねえ。十二日まではな！」

怒ったように言うと、その日を迎えるまでの数日、道場を出て忙《せわ》しく方々に足を運んだのである。

九

江戸の町の方々で、団扇太鼓《うちわだいこ》が打ち鳴らされている。

十月十三日は日蓮上人の忌日であり、毎年十月八日から十三日まで会式が行われる。

この日、十月十二日は最高潮を迎え、正しく〝だんだんよくなる法華の太鼓〟で、とにかく賑《にぎ》やかである。

まさか芝神明で、太鼓を打ち鳴らす者もなかろうが、このような賑やかな日に会見を望んだ鉄砲の弥太五郎には、それなりの秘策があったのだ。

峡竜蔵が予想していたように、弥太五郎はこの日、何が何でも大喧嘩を起こし、これに打ち勝つつもりでいた。

約束通り、連れは柳の仁助以下三人。

しかし、芝神明の雑踏《ざっとう》には、何人もの手下を忍ばせてあった。

その中には、凄腕の用心棒である、住田徹五郎、沼沢利右衛門もいた。

共に齢三十五。それぞれ剣術道場で腕を誇りながら、酒、女、博奕《ばくち》に手を出し、それが元で喧嘩沙汰を起こし、今の境遇に成り下がった。それゆえ、峡竜蔵のような、自分達と同じ不良剣客が道場の師範として君臨《くんりん》しているのがおもしろくない。

もしも峡竜蔵が出てくるなら、果し合いにかこつけて、二人力を合わせて斬ってやろうと思っていたので、

「惜しいことをしたのう、住田……」

「うむ、いくら馬鹿でも、さすがにこの度は出てはこられまい」

二人は、残念がったものだ。

弥太五郎は、なかなかに手の込んだことをする。大番頭・安藤主殿頭を動かし、峡竜蔵に楔を打ち込んだのは彼の仕業であった。

主殿頭が多額の金を借りている札差《ふださし》がある。その札差の倅はとんでもない極道者で、

表沙汰には出来ない不始末を犯してしまった。

それを嗅《か》ぎつけ、上手に揉み消してやったのが弥太五郎であった。

情けない父親の弱みにつけこみ、そこから金の負い目で主殿頭を動かし、義理固い竜蔵を押さえ込んだのは、弥太五郎ならではの策略であった。

夕刻となり、芝神明の掛け茶屋に弥太五郎はやってきた。

浜の清兵衛は、舵取りの浪六、見世物小屋の安次郎達三人を連れてこれを迎えた。

清兵衛一家とて、何かが起こるのはわかっていた。しかし、大勢で取り囲んだのでは、外聞が悪いし、度胸の据らぬ破落戸と思われては生きていけなかった。

そもそも清兵衛一家の乾分など、数がしれている。徒党を組むのを嫌う清兵衛は、組内は男伊達の少数精鋭であるべきだと、滅多やたらに乾分を持たなかった。

弥太五郎はそういう細かいところまで計算を働かせていたのである。

清兵衛は弥太五郎がそういう男であることをよくわかっている。それでも、清兵衛は言われた通りに五尺の体をその場に投げ出す。

そこには何の小細工もない。

死ぬ時は死ぬ。縄張り内で清兵衛の難儀を見て助けに入る者がいるかもしれない。また、いなくとも、渡世人のすることに人が関わらぬのは当り前なのだ。

「鉄砲の、何を話してえのかはしらねえが、まず、よく来なすったねえ」

掛け茶屋の床几に腰かけるや、清兵衛はにこやかに言った。

店の女中達は、皆一様に噂を聞いているのか、その表情は青ざめている。

それに対し、弥太五郎は、床几に腰かけるまでもなく、

「何を話してえのかだと？　元締、お前がお峰を返そうとしねえから、おれは喧嘩をしにきたのよ……」

いきなり喧嘩口上を放った。

「何だとこの野郎！」

さすがに安次郎が気色ばんで前に出た。

「手前みてえな三下は引っ込んでやがれ！」

柳の仁助がそれへ立ちはだかり、安次郎の胸を突いた。

「手前、突きやがったな！」

安次郎は堪え切れずに、手を出したのはそっちだとばかりに、仁助の腹を蹴《け》り上げた。

清兵衛はもう止めなかった。

二人の喧嘩がきっかけとなり、乾分達の小競り合いが始まった。

その時、増上寺に本山参りに来ていたと思われる一行が、そこへ駆け寄ってきて、

「鉄砲の親方！　喧嘩ですかい？　助っ人いたしやすぜ」

と、清兵衛達にいきなり襲いかかった。

どこまでも、通りすがりに加勢したように見せかけて、喧嘩が終れば、弥太五郎は得意の政治力で、

「喧嘩の発端は、相手に非がございます……」

と言い立て、そのようにしてしまうのであろう。

ここで大事なのは、弥太五郎が喧嘩に勝って、芝での存在を衆人に認めさせることなのである。それゆえ、自分は無我夢中で難を逃れたのだが、自分を慕う者がいて、守ってくれたのだ、と話せるようにするつもりなのだ。

弥太五郎は早々に前線を退き、掛け茶屋から少し離れたところにある小料理屋へと避難した。

「汚ねえ手を使いやがって！」

安次郎の叫びは、鉄砲一家の乾分達の怒声にかき消された。

浪六と安次郎達は、清兵衛を守って、〝濱清〟へと歩みを進めた。

その間、縄張り内で行方を見守っていた清兵衛の乾分達が、鉄砲一家の連中に立ち

向かったが、増上寺本山参りの一行に加えて、弥太五郎は、町に潜《ひそ》ませていた若い衆を集結させた。その人数は何と五十人にもなろうとしていた。

「ふん、何が男伊達だ。出たとこ勝負に体を張るのが俠客だと？　そんなのはただの馬鹿よ」

弥太五郎の嘲《あざけ》りが聞こえてきそうであった。

駆けつけてきた清兵衛の乾分達であったが、鉄砲一家の伏兵達に、たちまち呑み込まれて、道端に倒されていった。

さらに参詣客の二組の男達が、そこへ殺到してきた。

ところが、この二組は鉄砲一家の者達ではなかった。

それぞれの親方らしき男が顔を合わせ、

「何でえ、お前は真砂屋《まさごや》の由五郎《よしごろう》かい？」

「そういうお前は、野州屋《やしゅうや》の鮫八《さめはち》じゃあねえか」

ニヤリと笑い合った。

高輪牛町《うしまち》の口入屋・真砂屋由五郎。

白金台《しろかねだい》の金貸し・野州屋鮫八。

かつて町々で嫌われていたやくざ者であったのだが、峡竜蔵に叩きのめされ、そこから竜蔵に惚れ込んで改心した二人であった。

「こいつは何の騒ぎだ！」

「浜の親方が、おかしな野郎に喧嘩売られたみてえだぜ」

「そんなら助っ人するかい！」

「あたぼうよ！」

二人は、互いに乾分を引き連れて、この喧嘩にとび込んだ。その数は二十名を超えている。

さらに、この辺りで笛を拵《こしら》え、時に売り歩いている太一《たいち》という男が、

「親方に何をしやがる！」

と、棒切れを手に参戦した。

太一は、別名を杉山又一郎《すぎやままたいちろう》といって、かつては梶《かじ》派一刀《いっとう》流を相当修めた武士であった。かつて仕えていた大名家の騒動に巻き込まれ、この界隈に身を潜め、峡竜蔵に助けられた。

今ではかつての想い人と夫婦となり、ここで笛作りをして暮らしているのだが、剣の腕は衰えていない。たちまち鉄砲一家の乾分達を叩き伏せ、これに勢いを得た清兵衛の乾分達、助っ人の真砂屋、野州屋の連中が、押し戻し始めた。

「何だと……」

小料理屋から悠々と戦況を見つめていた弥太五郎は、色を失った。

浜の清兵衛一家については十分過ぎるくらいに調べていたはずである。乾分の数から清兵衛の昔ながらの俠客気質。

かつては、香具師の大立者であった根津《ねづ》の孫右衛門《まごえもん》が、清兵衛を高く買っていたゆえに、芝界隈に手を出す者もなく平和が保たれていた。

しかし、孫右衛門は既にこの世になく、今は彼に代わるほどの元締はいないことなど、詳しく把握していた。

その上で気になったのが峡竜蔵の存在であったのだが、この風変わりな剣客も、今では大師範への道を歩んでいるとか。そこをしっかりと押さえておけば、まさか渡世人同士の喧嘩に出てくることもあるまい。

そうして、念には念を入れて、大番頭・安藤主殿頭まで引っ張り出して釘を刺したのだ。

それが、明らかに他所者が、清兵衛一家の助っ人に集まっている。

弥太五郎は、ここに至ってもその理由がわからなかったのだが、助っ人達はもちろん峡竜蔵の意を受けて集まった連中である。

つまり、峡竜蔵は剣客でありながら、方々の男伊達が神仏のように崇《あが》め、尚かつ親しむ存在となっていたのだ。

ここへは来られぬと思うや、竜蔵は連中の許を訪ねて理由を言って助っ人を募った。

由五郎も鮫八も小躍りして引き受けた。

笛売りの太一も、既に清兵衛一家の縄張り内が荒らされていると察知して、日々笛を売り歩きながら様子見しつつ、この時に備えていた。

弥太五郎としては、意図して助っ人の連中を芝神明に潜ませたとは思われたくはない。

御命講《おめいこう》の日ならば、世間も騒々しいゆえ、団扇太鼓を打ち鳴らす講中などに紛れて、喧嘩の後は逃げるのも容易《たやす》くなろう。

しかし、そういう思惑もどこかへ吹き飛んでしまった。

「何でえ何でえこの騒ぎは！　おれ達も浜の親方に助っ人するぜ！」

新たに参戦したのは、本所界隈で用心棒稼業をしている、岸谷弾九郎《きしたにだんくろう》とその一党であった。この男達も、かつて竜蔵の亡《な》き祖父・中原大樹《なかはらたいじゅ》に無礼な振舞をしたことで、竜蔵に懲《こ》らされ、以後手打ちの宴を開いた後、乾分となったのだ。

「くそ……ッ」

弥太五郎は、地団駄を踏んだ。この世界は弱みを見せた方が負けるのだ。芝へ乗り込み一蹴《いっしゅう》されたとなれば、弱り目に祟《たた》り目となるのである。

「旦那方、よろしく頼みますぜ」

遂に弥太五郎は、凄腕の用心棒である、住田徹五郎と沼沢利右衛門を投入した。二人は、いざという時のために、鉄棒を持参していた。木刀は折れるゆえに、喧嘩の助っ人にはこれが何よりなのだ。

「一人、二人、叩っ殺したって、後はあっしが何とでもしますぜ」

弥太五郎の期待通り、二人はまたたく間に、清兵衛側の男達を数人叩き伏せた。

今は、太一と弾九郎が前面に出て、それに続く助っ人が鉄砲一家を押していたが、体力のある新手の凄腕の登場に、この二人も押されていった。

こうなると、これに勇を得て、弥太五郎の乾分達が元気を取り戻す。所詮《しょせん》、喧嘩とは大将あってのものなのであろう。

さすがの太一も弾九郎も手傷を受け、後退を余儀なくされた。

清兵衛はこの様子を見て、

「こいつはいけねえ、負けを認めよう。そうしねえと、おれには何の義理もねえのに、峡の旦那の義理で、駆けつけてくれた衆に申し訳が立たねえ」

清兵衛は、ここに至って自分が出ていこうとした。

それで命を落したとて本望であった。峡竜蔵の厚意は痛いほどわかった。

後は、竜蔵の仲間達にこれ以上の被害を出さないことが、清兵衛の務めであった。

清兵衛は、大騒ぎとなった芝神明を眺めつつ、〝濱清〟の外へと出た。

ところが、そこへ一人の男がやって来て、清兵衛をやさしく見つめた。

「旦那……」

男は峡竜蔵であった。

「旦那、いけません。すぐにお引き取りを……」

清兵衛の目に涙が浮かんだ。

「ははは、勘弁してくれよ。こんな大喧嘩を見たのは初めてだ。ここに峡竜蔵がいねえのはおかしいだろうよ」

竜蔵の手にも、細身の鉄棒で作られた〝鉄剣〟が握られていた。

「〝大浜〟だったら心配いらねえぜ。今日はおれの弟子達が、助七とお峰とお沢を連れて、釣りを楽しんでいるはずだからよう」

竜蔵はにこりと笑うと、

「三田二丁目の峡竜蔵だ！　おれも助っ人するぜ！」

喧嘩の輪の中へと駆け込んだ。

「お前が峡竜蔵か！」

住田徹五郎が鉄棒で打ちかかったが、その途端、激しい打ちで返されて、鉄棒を持つ手が痺《しび》れた。

峡竜蔵の喧嘩剣法は、ここに極まった。

間髪をいれず打ち込んだ竜蔵の鉄剣は、徹五郎の脇腹をしたたかに叩いていた。

息が出来ずその場に踞《うずくま》る徹五郎を、上から踏みつけにすると、竜蔵は格段の強さを見せて、沼沢利右衛門に連続打ちを仕掛けた。

鉄剣は、竜蔵の手の内で踊るように動き、縦横無尽に利右衛門を攻め立てる。

「お、おのれ……」

仙人の術法をまのあたりにした心地がして、利右衛門はみるみるうちに後退した。

「お前の腕はそれしきのものか……！」

竜蔵は、受け切れずに手が尽きた利右衛門に足払いをかけ、彼の脛を丁と打った。

「うッ……」

利右衛門は堪らず、脛を抱えてのたうった。

「待ちやがれ！」

竜蔵は、閻魔《えんま》のごとき形相で駆けた。

小料理屋の向こうに、逃げ去る鉄砲の弥太五郎と、柳の仁助の姿を認めたからだ。

「ここをどこだと思ってやがるんだ！」

竜蔵は、仁助に鉄剣を投げつけ、こ奴がのけぞって倒れたのには見向きもせず、弥太五郎の襟首を摑むと宙に放り投げた。

辺りは大歓声に包まれた。

竜蔵が喧嘩に加わると、町の露天商から、通りすがりの若い衆に至るまで、皆が清兵衛の助っ人として腕を揮《ふる》ったのだ。

——ああ、やっちまったぜ。

竜蔵は、心の内で嘆息した。

これだけの大喧嘩に、仲間を引き連れて加わったのだ。

お叱りを受けるのは避けられまい。

しかし、このところの、何とも言えぬ心の迷いや、晴れぬ想いがすっきりとしていた。

こんなに爽快《そうかい》な心地になったのは何年ぶりであろう。

——そうだ。人が何と思おうがどうだっていいんだ。おれにはおれの剣と生き方がある。

剣に長じ、俠気ある人。

〝剣俠〟に生きるのが峡竜蔵なのである。

「おう、みんな！　ご苦労だったな！　お役人に叱られる前に、一杯やろうじゃあねえか！」

再び湧《わ》きあがる歓声を総身に浴びて、竜蔵は片手拝みをしてみせた。

第三話　伝説

一

遠くでもうもうと砂煙《すなけむり》がたっている。

威勢の好《よ》い人足達が、荷車でも引いて道を横切ったのであろうか。

冬晴れの空の下を往《ゆ》き来《き》する旅人達の顔は、どれも明るかった。

どこからか聞こえくる馬子《まご》唄《うた》は歯切れがよくて、足取りを軽くさせてくれる。

関東以西の馬子達は、百姓衆が傍《かたわ》らに務めているゆえ、速さが身上なので調子もよいそうな。

西へ、西へ、ただあてどなく、峡竜蔵は東海道《とうかいどう》を上っていた。

十月十二日の大喧嘩《おおげんか》は、浜の清兵衛一家の完全なる勝利に終った。

講中の者や、参詣客《さんけいきゃく》を装わせて、芝神明に大勢の兵を送り込み、一気に叩《たた》き潰《つぶ》してしまうつもりの鉄砲の弥太五郎であったが、御命講《おめいこう》に紛れて逃げるはずのこの連中が、番屋に連れていって取り調べるわけにもいかない。

しかも、大勢の町の男達が、我も我もと清兵衛に味方したとなれば、まさか全員を番屋に連れていって取り調べるわけにもいかない。

偽講中、偽参詣客のからくりがわかると、弥太五郎の立場は悪かった。

世間の同情は浜の清兵衛に集まったし、北町奉行所同心・北原平馬は、輿論《よろん》を味方に弥太五郎を捕えて厳しく詮議《せんぎ》をした。

もちろん、騒ぎの中心となった清兵衛に加えて、峡竜蔵も事情を問われ、叱《しか》りを受けたのだが、佐原信濃守が、

「峡竜蔵は、何も間違ったことはしておらぬ。義を見てせざるは勇無きなり……、己《おの》が弱みを握られ、それがために鉄砲の弥太五郎なる破落戸《ごろつき》に手を差し伸べんとする者があるならば、大目付・佐原信濃守が断じて許さぬ。いずれに非があるか確《しか》と調べてくれるわ」

そのように言い立てたので、さすがに弥太五郎を庇《かば》う者は現れなかった。

むしろ、弥太五郎との関《かか》わりを噂《うわさ》される者達は、

「真《まこと》に迷惑をしている」

と、ここぞとばかりに突き放した。

そうなると、弥太五郎は弱みを握っていることが、かえって口封じの対象とされ、家財没収の上、重追放となった。

関八州《かんはっしゅう》、五畿内《ごきない》、肥前《ひぜん》、甲斐《かい》、駿河《するが》、東海道筋、木曽路《きそじ》筋などでの居住が禁じられたわけであるから、弟・景二郎の江戸払いよりもはるかに厳しいものであった。

こうなると、景二郎も江戸に後盾《うしろだて》である兄がいないわけで、内藤新宿に潜んでいたものの、いつ仕返しを受けるかわからないため、どこか遠くへと消えてしまった。

喧嘩に加わった町の男達は、人の難儀を助けんとした無欲の喧嘩であるからと、不問にされた。

清兵衛は形ばかりの過料《かりょう》を払い、

「今さらながらでござえやすが、身を引かせていただきます」

これを潮《しお》にと、隠居した。

元締の役目は、安次郎が継ぎ、浪六が補佐することになった。

峡竜蔵もまた、不問となったが、騒動の渦中にいたのである。

方々に詫《わ》びを入れ、

「しばらくの間は旅に出て、心を鍛えて参ります」

と、ほとぼりを冷ます意味でも、江戸を離れたのであった。

団野源之進には、詫びの品々を添えた上で、

「真に面目次第もござりませぬが、お咎《とが》めがなかったからと申しましても、町の大喧嘩に、男達を先導した形で身を投じたというは、師範にあるまじき振舞……。公儀武芸修練所の師範の儀につきましては、身を引かせていただきとうござりまする」

と、願い出た。

自分のような者を、あくまでも師範に推したのでは、団野源之進の立場もあやしくなるだろうと、竜蔵は頭を下げ続けた。

「う〜む、これも巡り合せかのう……」

源之進は苦笑いを浮かべながらも、

「芝の一件については、色々な人から聞いたが、某《それがし》も見てみたかったものだ」

いかにも竜蔵らしい仕儀だと感じ入り、彼の願いを聞き入れた。

その上で、

「申しておくが、竜蔵殿の行いを断じてのことではない。考えてみれば、公儀の武芸修練所の師範など、峡竜蔵には小さ過ぎるかと思えて参ってな」

源之進は、つくづくと言ったものだ。

その想《おも》いは佐原信濃守とて同じであった。

「先生には剣術の師範として生きてもらいたいが、この先もずうっと、型破りな男でいてもらいたいものだ。あの番頭の安藤主殿頭は、おれの方で、ちょっとばかり脅《おど》しておいたよ。気にするこたあねえから、ふらりと旅に出て、また帰ってきて、おもしれえ話を聞かせておくれな」

市井に遊んだ若き頃《ころ》を懐かしむように、くだけた物言いで竜蔵を励ますと、

「こいつは路銀にあててくれ」

餞別《せんべつ》まで包んでくれたのだ。

盟友の猫田犬之助は、

「おれもついていきたいところだが、この度は、気儘《きまま》な一人旅がよかろう。何やら羨《うらや》ましいよ」

と、見送ってくれた。

三田二丁目の道場と、主な出稽古は、神森新吾に任せた。

執政の竹中庄太夫が、万事経営の方は受けもってくれるのだから何も心配はない。

まだ七歳の鹿之助を置いての旅だけに、綾はさぞや苦言を呈してくるのであろうと思ったが、

「ところ払いになったわけではなし、何も案じてなどおりませぬ」

意外にさばさばとして、旅の仕度などを調えてくれた。

一人旅の気楽さと、ほとぼりを冷まさねばならぬだけに、誰もが長い旅になるのではないかと不安を覚えたが、竜蔵の母・志津が旅発《たびだ》つにあたって三田に訪ねてきて、

「人の噂など三月もすれば消えてしまいます。その頃になれば、また江戸が恋しくなるに決まっているのです」

こともなげに言ったのが、綾の気持ちを楽にさせた。

志津の言う通りであろう。

亡父・峡虎蔵がそうであった。

一人旅が好きで、何かというと、

「このところ、弛《ゆる》みきった心と体を、ちょいと鍛え直してくらあ」

などと言っては旅に出るのだが、

「やっぱり江戸は好いねえ。田舎の連中はのんびりとしていていけねえや」

と、またすぐに戻って来たものだ。

気儘ゆえに旅に出て、気儘ゆえに己が住処《すみか》が恋しくなるのである。

綾は、藤川道場に暮らしていた頃があるから、峡虎蔵が師・藤川弥司郎右衛門に、

「先生、ちと修行に出て参ります」

と、暇《いとま》を乞《こ》うたかと思うと、

「先生、やはり稽古相手は江戸で見つけねばなりませぬな……」

またすぐに戻ってきて畏《かしこ》まる姿を何度も見ていた。

綾の父・森原太兵衛《もりはらたへえ》は、

「おれも、あのお人のような境地になれたら、もっと剣にゆとりが生まれるのであろうな」

と、兄弟子の姿を見て、羨ましがっていたことを覚えている。

「何とおもしろいお人でしょう」

少女の頃の綾も、そういう虎蔵に心惹《ひ》かれるものがあった。

「それが自分の夫となると、面倒なものでしょう？」

志津はそう言って笑ったが、あの日の虎蔵を彷彿《ほうふつ》とさせる竜蔵を夫に持ったことは、女の本懐であると思っている。

志津と門人達は、道場の門外まで見送り、綾、鹿之助、神森新吾、竹中庄太夫、網結の半次の五人は、高輪の大木戸まで峡竜蔵を見送った。

そういえば、いつの時であったか、子供の頃に竜蔵は、今日と同じように父・虎蔵が旅発つのを見送ったことがあった。

あの時、確か虎蔵は竜蔵に、憎まれ口とも励ましともいえるような言葉を投げかけたのだ。

竜蔵は、その言葉を思い出すと、父と同じように、

「鹿之助、励めよ！　小便漏らしているんじゃあねえぞ！」

と、息子に言い置くと旅発ったのである。

二

旅のあてはまるでなかったのだが、佐原信濃守には、土産話《みやげばなし》が必要であった。

となると、信濃守が町の女に生ませて、後に竜蔵の妹分となった常磐津《ときわず》の師匠・お才に会ってこようと思い至った。

お才は、竜蔵への恋心を断ち切って、江戸を出て、さらなる芸の精進のために、今は大坂に住んでいる。

お才への淡い想いを胸に秘め、主《あるじ》である信濃守への忠義を貫かんと、佐原家側用人《そばようにん》・眞壁清十郎は、浪人となりお才を見守らんとして、彼もまた大坂へ行ってしまった。

清十郎は、竜蔵の数少ない親友のひとりである。

——この機会に、会って様子を聞いてみようか。

行き先が決まると、歩みも速くなった。

大坂は東海道五十三次のその先だが、京へ入れば三十石船で一夜にして着く。

この五十三次を、少しでも早く抜けようと、竜蔵は健脚を誇りつつ街道を進んだ。

大喧嘩に身を投じた後である。またすぐに騒ぎを起こすのも気が咎める。

もちろん旅の空の下である。〝一里離れりゃ上の空〟というところなのだが、

——いけねえ、いけねえ。いくらおれの面の皮が厚くとも、せめて大坂へ着くまでは、喧嘩は控えねえとな。

そんなことは、自分自身が許せないと、先を急いだのである。

威風堂々たる峡竜蔵である。

僅《わず》かな着替えの他は一切持たず、風呂敷《ふろしき》包みを斜めに背に結び、片手に編笠《あみがさ》を携え、いざとなればいつでも笠を投げつけ斬《き》り倒さんという風情《ふぜい》——。

これがひたすら歩速を速めて道行くのである。馬子や駕籠《かご》屋でさえ、気楽に声をかけられぬ。

これでは騒動に巻き込まれるはずもなく、箱根《はこね》を越え、大井川《おおいがわ》を渡り、快調に三河《みかわ》へと入った。

七日目に岡崎宿《おかざき》を抜けたのだが、矢作橋《やはぎばし》を渡ったところで、いささか手間取った。

これまで喧嘩口論は一切無し。他人の喧嘩は何度か見かけたが、それも素通りして、まるで構いもしなかった。

ところが、矢作橋を渡ったところで、辺りが物々しい様子になった。

近くの休み処《どころ》で、賊が二人暴れた上に、その家の女房を人質に立て籠《こも》ってしまったのだという。

宿役人もこれに窮し、休み処を囲みつつも埒《らち》が明かないのである。

これも通り過ぎようとしたものの、人だかりを抜ける間に、自《おの》ずと状況が耳に入ってくるので、さすがに竜蔵も捨て置けなくなった。

宿役人達は、岡崎城からの武士達の応援を待っているところであった。賊は酒に酔っていて、その弾みから店で乱暴を働き、逃げるに逃げられずに立て籠ったというから、

「どうせ逃げられぬと思い、自棄《やけ》になるやもしれぬぞ」

という声も聞こえてくる。

応援が来る前に、女房が殺されては何もならないのだ。

といって、賊は脇差《わきざし》を抜いていて、酔っ払っている。下手に踏み込んでも、味方に

犠牲が出る。どうしても慎重にならざるをえない。

——仕方あるまい。

竜蔵は、休み処の裏手に、支柱の材木である大きな丸太が積まれているのを認めて、

「ちょいと手を借してくんな」

力自慢を募り、裏手に回った。そこは中から見えず雨戸が閉まっている。

「よし、こいつであの雨戸を打ち破れ……」

竜蔵は、男達に大きな丸太を持たせ、勢いをつけて雨戸を打ち破らせて、自らは中へと躍り込んだ。

轟音《ごうおん》が辺りに響き渡り、突如、家屋を打ち破って入ってきた太い柱を見て、二人の賊は一瞬呆然《ぼうぜん》とした。

竜蔵は、その機を逃さず、女房を挟んで血刀を構える賊二人を、あっという間に峰《みね》打《う》ちに倒したのである。

歓声と共に、竜蔵はたちまち英雄となったのだが、調子にのって滞在したとて、どうせまた腕を見込まれて難題を持ちかけられ、結局それを引き受けてしまうに違いないのだ。

役人には、

「直心影流剣術指南・峡竜蔵と申す者にござる。ちと乱暴な救いようをいたしたが、人の命にかかわることであったゆえ、御容赦くだされ。なに、礼には及びませぬ。よい修行となり申した。先を急ぎますゆえ、これにて御免……」

それだけを告げて、そそくさとその場を立ち去ったのである。

——ふふふ、これはよい退屈しのぎになった。

本来、竜蔵が愛する一人旅は、このように刺激のあるものなのだが、この度はひたすら大人しくしていたので、

「これなら、江戸に問い合せがあったとて、よい行いをしたと胸を張れるだろう。どうだ、おれも人の役に立つ男なのだぞ」

道中、独《ひと》り言《ご》ちてほくそ笑んでいた。

大きな丸太で、雨戸を打ち破ったのは爽快《そうかい》であった。

少しやり過ぎたかもしれぬが、そこは女房の命が助かったのだ、文句を言われることもあるまい。

何やらすっきりとした心地で熱田《あつた》神宮への参拝をすませ、宮《みや》の宿で一泊しようと、旅籠《はたご》を物色していると、

「旅籠ならここが空いております」

と、声をかけてきた男がいた。

男は浪人の風体である。

竜蔵より、七、八歳下に見える。

どちらかというと小柄な体は、よく引き締まっていてしなやかに見えた。

身形《みなり》は少しばかり垢染《あかじ》みていて、黒木綿であったはずの着物も、小豆《あずき》色のようである。

それでもきっちりと袴《はかま》を着し、大小をたばさんでいる姿は、一廉《ひとかど》の剣客の風情がある。

「わたしは、一足お先に宿へ入り、夕餉《ゆうげ》もすませましたが、牡蠣《かき》を鍋《なべ》にして出してくれたのが、なかなかにうもうござりました」

いささか多弁だが、それが憎めぬ人柄を如実に表わしている。

「と申しましても、わたしは何もこの旅籠の回し者ではござりませぬぞ。ははは……」

「左様か、ならば某もここに宿りをとるといたそう」

竜蔵は少し楽しくなってきて、男の言葉に乗って、湊《みなと》近くのその旅籠に泊まることにした。

「それがよろしゅうござる。さて、わたしは少し、町の夜風に当って参ろうと存ずる……」

男は、満面に笑みを浮かべて、すれ違いに出ていった。

楽しい男だと、竜蔵はその浪人に興をそそられたが、もう夕餉はすませたというし、自分も一人で夕餉をとった。

男が言ったように、膳には牡蠣の小鍋仕立てが出た。この辺りらしく味噌《みそ》で味をつけ、豆腐、ねぎ、大根などが入っていた。

「こいつはうめえや……」

竜蔵は、思わず唸《うな》った。あの男に会ったら礼を言わねばならぬと、この宿を勧められた経緯《いきさつ》を宿の女中に語ったところ、

「ああ、あのお武家様で？　楽しいお人でございますねえ」

女中の口許《くちもと》が綻《ほころ》んだ。

「確か、峡様とか……」

「峡……？」

「そういえば、お客様も峡様でございましたねえ」

「ふふふ、こいつは奇遇だ……」

今まで、同じ峡の姓に出会ったことはなかった。竜蔵はますます縁を覚えて、男のことが気になったのだが、この給仕の女中も話上手で、牡蠣の美味《うま》さについつい酒が

進んで、竜蔵はすぐに寝てしまった。

宮からは、桑名《くわな》へ七里の渡しに乗らねばならない。

目が覚めると船出が迫っていた。慌てて旅籠を出ると、峡 某《なにがし》のことは頭の中から消えていた。

それが、彼とはまた船で一緒になった。

「おや、これは峡殿か。昨日はお蔭《かげ》でうまい物にありつけた。礼を言えてよかった……」

竜蔵は、膝《ひざ》を打った。やはりこの男とは何か縁があるようだ。

「いやいや、峡先生とこうして御一緒できるとは、真にもってありがたいことでござりまする」

すると、峡某はそのように応《こた》えた。

「はて……」

峡先生と呼ばれて、竜蔵は小首を傾《かし》げた。名乗り合ったわけではなかった。竜蔵は旅籠の女中から彼の名を聞いたので、

「貴殿も、旅籠で某の名を聞いたのかな?」

そのように解釈したのだが、

「いえ、峡竜蔵先生の御名前は予々《かねがね》聞き及んでおりまして……」

以前から知っていたというのだ。

「申し遅れました。わたしは峡小兵衛《こへえ》という者にござりまする」

新陰流《しんかげ》に剣を学び、今は廻国《かいこく》修行の最中であるらしい。

「それが、江戸に参りました折に、先生のあの大喧嘩をまのあたりにしたのでござる」

「あの大喧嘩を？」

竜蔵はますます目を丸くした。

小兵衛はそれまでも、竜蔵の名は方々から聞き及んでいたと言った。

そのうちに、どのような剣客か、直《じか》に見てみたくなった。そうして芝に逗留《とうりゆう》せんとすれば、町では浜の清兵衛一家と、鉄砲の弥太五郎一家とがぶつかり合う様子。

そっと成り行きを見守っていたところ、あの大喧嘩に行き合ったというのだ。

「てことは何かい？　喧嘩の助っ人をするおれを見たっていうのかい？」

竜蔵は、恥ずかしそうに訊《たず》ねた。

「いやいやお見それいたしました」

小兵衛は相変わらず、人をくったような笑顔を見せる。

自分のことを随分と前から知っていて、わざわざ見にいこうと、出府の折に芝へと出向いた者がいたとは大したものだ。

「そうだとしたら、峡竜蔵も名が知られるようになったというわけだ」

竜蔵は感慨深かったのだが、

「峡先生は、もう随分前から人に知られておりまする」

小兵衛は嬉《うれ》しそうに言った。

「それは嬉しいような恥ずかしいような……」

「何も恥じることはござりますまい」

「だが、あんな喧嘩を見られたのでは、剣術師範としては恥じ入るばかりだ。見たところおぬしも相当剣を学んできたようだ。さぞ、馬鹿《ばか》げていると思ったことであろう」

話すうちに、親しみが湧《わ》いてきた竜蔵であったが、小兵衛は大真面目《おおまじめ》で、

「馬鹿げているなどとは、とんでもないことでござる。確かにわたしは、それなりに剣術の修行もして参りましたが、わたしが先生に感じ入ったのは、あれほどまでに心地よく喧嘩をする御仁は、他にはおられぬと思うたゆえにて……」

「それそれ、それが恥ずかしいというのだ」

自分の名が随分前から知られていたというのは、剣名よりも、悪名の方であろうと、竜蔵は笑った。

気障《きざ》で言うのではない。今の竜蔵は本気でそう思っているのだ。

たとえば相撲取《すもうと》りが、人より喧嘩が強いのは当り前のことで、誇れるものではない。

「いや、先生の喧嘩は、もう伝説となり申した」

相変わらず小兵衛は真顔で言う。

「伝説？」

「いかにも、伝説でござりまする」

「そんな伝説など、くその役にも立つまいよ」

「いえ、わたしが思いますには、物事には陰と陽の二つがあり、喧嘩は陽であらねばならぬ」

「で、おれの喧嘩は陽だというのかな」

「それはもう手本となるほどに、陽でござる」

「ははは、喧嘩の手本か。お前さんはおもしれえことを言うねえ」

竜蔵は、話すうちに物言いもくだけてきた。

これほどまでに喧嘩について熱く語る武士がいるとは——。

こ奴《やつ》も馬鹿の仲間だと失笑した時、桑名の湊が見えてきた。

三

桑名に着いてからも、峡小兵衛は喧嘩についての想いをとうとうと語った。

初めのうちはそれも興がそそられたが、喧嘩名人と礼賛されても、さのみ嬉しくはない。

だんだんとその話にも飽きてきた。

小兵衛もまた京の方へ向かっているという。このまま旅は道連れとなり、喧嘩について熱く語られては堪《たま》らない。

そんな想いが頭を過《よぎ》ると、小兵衛は竜蔵の心中を察したのか、

「わたしは、少し果さねばならぬ用がござりまして、ここでお別れいたします」

と、四日市《よっかいち》にさしかかった辺りで、いずこへともなく去っていった。

――もう少し、おもしろがって話を聞いてやるべきであったかな。

根がやさしい竜蔵は、自分がおもしろくない顔をしていたゆえに、小兵衛もまたそれに気遣って間合を取ったのではなかろうかと、いささか忸怩《じくじ》たる想いとなった。

小兵衛の人となりが、どこか惚《とぼ》けていて、いないとなると、それはそれで寂しくな

ってくるのだ。

しかし、そう思っていると、再び亀山《かめやま》宿でばったり会った。

健脚の竜蔵の歩速に合わせて間道を伝い、宿場でまた会えるようにここまでやって来たのかもしれない。

「おやおや、またお会いできてようございました」

悪戯《いたずら》っぽく笑って言われると、

——この男とならば、喧嘩談義も悪くはなかろう。

喧嘩をひとつの武芸のように語る男は、そうもあるまい。

この機会にとことん聞いてみたくなってきた。

「今宵《こよい》は宿で一杯やるかい？」

誘ってやると、小兵衛は人なつこい笑みを浮かべつつ、

「よろしいので……？」

と、無邪気に喜んだ。

そんな表情を見せられると、竜蔵も誘い甲斐があるというものだ。

そういえば、小兵衛が喧嘩道について熱く語るので訊ねぬままでいたが、芝での大喧嘩を見た後、彼はいったいどうしていたのかが不明であった。

ほどのよい旅籠を見つけ、部屋を二つ頼み、夕餉を共にして水を向けると、

「ああ、あの折は思わず見惚《みと》れてしまい、声をかけそびれまして……」

小兵衛は、自分ばかりが喋《しゃべ》っていたことを詫びて、恥ずかしそうに言った。

「あれだけの大喧嘩の後は、色々と後始末も大変であろう、この目で見られただけで満足だと思い、また、旅に出たのでござる」

「何だ。声をかけてくれたらよかったのだ。とは言ってもあの場においては、関わりを避けたのは賢明というものだな」

「またいつかお会いできると思うておりましたら、矢作橋を渡ったところで、お見かけしたというわけで」

「あれも見ていたのか」

「いいえ、賊を打ち倒されたというのは、見物の衆から聞かされまして、ふと窺《うかが》い見ると、役人に名乗られている先生の姿が……」

「なるほど、それでおれが西へ行くと見て宮で待ち伏せたというところかな」

「はい。きっと宮で宿をとられるだろうと思いまして、旅籠の窓から見渡すと、うまい工合《ぐあい》に旅籠をお探しの峡先生をお見かけしたので、慌てて外へ出てお声がけをしたのでござる」

「お蔭でうまい牡蠣を食えた」

「あれこれお話をしたかったのですが、さてこれから体を休めようという時に、喧嘩の話をするのも気が引けまして、宿を勧めただけに終ってしまいました」

「なるほど、あれこれ気遣《きづこ》うてくれたようだが、とどのつまりはこうして、盃《さかずき》を傾けることができたというわけだな」

世の中には物好きもいるものだと、竜蔵は愉快であった。

竜蔵に対する今までの気遣いも、何とも奥ゆかしくて男のかわいげがある。

旅の宿での話は弾んだ。

「小兵衛殿、そういうおぬしも隅には置けぬような……」

竜蔵は小兵衛の体を見廻《みまわ》しながら言った。

「その物腰を見ると、相当に腕が立つのではないか?」

「それは買いかぶりというものでござる。わたしなどは、そもそもが孤児でございまして……」

江戸の生まれで、寺に拾われて下男をしていたのだが、坊主達に苛《いじ》められ、まだ十歳の時に寺をとび出したのだという。

それからは旅芸人に紛れて箱根の関所を越え、旅の講中を見つけてはついて回ってその日の糧《かて》を得たのだが、それがいつも上手《うま》くいくとは限らない。

ある日、邪魔だと叩き出されたところを旅の武芸者に拾われて、柳生《やぎゅう》の里にある新陰流の剣術道場で下働きをさせてもらうことになった。

そこで剣術を学び、なかなか筋がよいと門人の端に加えてもらい、谷の峡《はざま》で拾われたので、〝峡〟と名乗るようになったのだ。

「まあ、それで剣客気取りとなったわけでござるが、所詮《しょせん》は俄《にわか》武士。そこにいたとて下働きの身が変わるわけでもなく、廻国修行に出たいなどと口はばったいことを言って、そこもまた逃げ出したのですよ」

それゆえ、剣術など見よう見真似《みまね》の猿真似に過ぎず、流儀が定まらぬ喧嘩を極められたらと思うようになったのだと、小兵衛は語った。

「まあ、そうはいっても、なかなか喧嘩をする機会などありません。下手に暴れれば、捕えられてしまいますし、何かと面倒が付きまといますからねえ」

「うむ、それはそうだな」

「剣術を学んでいたのですから、それなりに腕には覚えがあるのですが、筋の通らぬ喧嘩は、罪咎《つみとが》に当りますから、正当な理由がなければならない……」

「喧嘩をする理由ってえのは、理不尽な野郎をぶっとばす、弱い者を守ってやる、それから、男の意地が立たぬ時に、己が一分《いちぶん》を立てる……」

「はい」

「それと……」

「まだありますか？」

「何やら苛《いら》くらとしている時に、何やら気に入らねえ野郎に出会って、そいつが癇《かん》に障《さわ》ることをぬかしやがった時だな。もっともこいつは、してはいけねえことだが……」

「ははは、しかし、それが何よりも楽しゅうござりますな」

「まったくだ。だが、そんな時でも大事なのは、叩き伏せた相手に、〝おれも悪かったよ〟と素直に言えることだ」

「大事ですね」

「男ってえのは、やり合うと互いにわかり合えるところがある。喧嘩した後手打ちをすれば、そいつは頼もしい味方になるし、後を引きずらぬゆえ、面倒がなくなる」

「そこです。その間合がわからないのです。下手に謝まると、こっちが悪くなる時もありますし、かえって相手を逆なですることもあるでしょう」

「確かに、言われてみればそうだが、思えばおれにはあまりそういうことがなかった……。まあ、悪い奴がいて、そいつの悪事を暴くために殴り込んで、逆恨みをされたことはあったが」

「やはり峡先生には、天賦の才があるということなのでしょうねえ」

小兵衛は深く感じ入った。

「おいおい、天賦の才なんてものが喧嘩にあるのかい？　あったとしてもそんなものはいらねえよ……」

竜蔵は、そんな話を真剣にするのが次第に馬鹿馬鹿しくなってきて、

「まず喧嘩なんてものは、なるたけ控えた方が好いってことよ」

と話を締め括《くく》ろうとしたのだが、小兵衛はやはり真顔のままで、

「そのように申されますな。先生の喧嘩が手本になれば、世の中から卑怯《ひきょう》な乱暴狼藉《ろうぜき》がなくなるはずでござる」

「お前さんは、どこまでも大袈裟《おおげさ》だねえ。言っておくが、おれもいつまでも喧嘩なぞしねえからな。今度の旅でも、賊を捕えた他は一切、腕は振るっておらぬ」

「それならば、最後の一暴れをわたしにお見せ願えませぬか」

「最後の一暴れだと？」

「はい。それをこの目に焼き付けて、わたしが先生の喧嘩を受け継いで参りとうござ

る」

「そんなものは受け継がなくていいよ。もう勘弁してくれよ」

「そこを何とか……」

「お前は、頭おかしいんじゃあねえのか？」

四

翌朝。

まだ明けきらぬうちから、峡竜蔵は亀山の宿を後にした。

この数日は寒さが増していた。

先の難所である鈴鹿《すずか》峠《とうげ》に雪が降らぬことを祈って進むと、願いが通じたのか、空は晴れ暖かな陽気となった。

竜蔵は走るように街道を進むと、意外にも三つ目の宿である土山《つちやま》に宿をとった。

このまま一気に草津《くさつ》の宿へ行きたいところだが、そこへ行けば峡小兵衛が追いついてきて、余計なことを言い出すかもしれなかったので、肩すかしをくらわせてやるつもりであった。

この日。未明から一人で発ったのは、小兵衛をまくためである。

竜蔵が先に発ったと知れば、小兵衛は慌てて後を追うだろう。

そこで、土山宿で投宿する。

小兵衛は、まさかここにはいまいと、草津宿へ入り、竜蔵を捜すであろう。

その上でいないとなれば、既に竜蔵は草津を抜けてしまったと思い、ここでの企《たくら》みも諦《あきら》めるに違いない――。

草津での企みとは、昨夜、小兵衛が竜蔵に熱く語り懇願した、最後の喧嘩話であった。

その内容はというと――。

草津の宿には、河瀬屋《かわせや》伝兵衛《でんべえ》という処の親分がいるらしい。

旅籠の主であるのだが、問屋場《といやば》を操り、膳所《ぜぜ》の領主・本多下総守《ほんだしもうさのかみ》の家中《かちゅう》にも顔を利かせて、好き放題に宿場を牛耳《ぎゅうじ》っているという。

伝兵衛は、元は武士で現在四十五。後藤謙二郎《ごとうけんじろう》なる凄腕《すごうで》の用心棒を雇い入れ、絶大なる力を持っているのだ。

伝兵衛自身は、男伊達《おとこだて》を気取り俠客《きょうかく》として君臨《くんりん》しているが、小兵衛の目からは、

「ただの悪辣《あくらつ》な破落戸」

にしか見えない。

これまでに、伝兵衛によって町を追われた者は数知れず、

「何が男伊達だ。気に入らない者は、力ずくで潰す。思い上がった野郎ですよ」

と小兵衛は言うが、伝兵衛の恩恵を受けて暮らしている者も多い。

叩っ斬るほどの悪党でもない。

「だから、伝兵衛相手に喧嘩をして、自分の弱さと至らなさを教えてやる者が出てくるべきなのです」

と、小兵衛は主張するのである。

小兵衛は、峡竜蔵という人間をよく調べていた。

大目付・佐原信濃守の屋敷に出稽古をしていて、信濃守からは絶大なる信頼を得ていることも知っていた。

草津は、東海道と中山道《なかせんどう》が合流する宿場で、土地の支配は本多家であるが、街道としての掟《おきて》は幕府の道中奉行によって出されている。

道中奉行は大目付の兼職であるから、竜蔵が宿場で不当な力の行使をする伝兵衛一家を懲らしめたとて、まず罪には問われまい。

そこまでも読んでいるのだ。

「伝兵衛相手に豪快に喧嘩をして、その後見事に手打ちをすれば、先生は東海道の中

でも指折りの顔役を、乾分《こぶん》にすることもできましょう。その伝説を残して、喧嘩から身を引き、その魂をわたしが引き継ぐ。つまり喧嘩の印可《いんか》を授けていただきとうございる」

ついにはこんなことを言い出した。

――やはりこ奴の頭はおかしい。

それでいて、なるほどおもしろそうだとも思えてくるので恐ろしい。

小兵衛の話では、河瀬屋伝兵衛は男伊達を看板にしたが、次第に思い上がりが出て、弱い者苛めも平気でするようになったようだ。

こんな男と正面切って喧嘩をして、後で手打ちをして男同士の親交を深める。

それもまた痛快であろう。

しかも、信濃守はいつものように、

「先生、旅先でおかしなことがあったら、構わぬゆえそれを正して、道中奉行であるおれに報《しら》せてくれ」

旅発つに当ってそう言っていた。

体の底が疼《うず》いてくるが、

――いけねえ、いけねえ。いくら佐原の殿様がそう仰せだとて、わざわざ騒ぎを起こして、お手を煩わすことはねえんだ。

先日は、芝の喧嘩で苦労をかけたのだ。そのほとぼりを冷ます旅で、そこまでしては自分自身が調子に乗っていると思われるだろう。

小兵衛が自分を慕い、尊敬してくれているのはわかるが、

——もう十分に小兵衛とは交誼《こうぎ》を深めたのだ。これまでとしよう。後で会うことがあれば、あの折はのっぴきならぬ用が出来《しゅったい》したので先に出た、と言っておけばよかろう。

そして、小兵衛をうまくまいて、草津の宿はとにかく素早く通り過ぎよう。

そう思ったのである。

竜蔵は、土山の宿に入ると、旅籠の中に籠って息を潜めた。

街道筋が見渡せるところに投宿し、そろそろ小兵衛が追いかけてくるであろう頃となって、障子戸の隙間《すきま》からそっと様子を窺った。

——小兵衛、勘弁してくれ。

やがて猛烈な勢いで宿場を通過する小兵衛の姿を認めて、心の内で詫びたのだ。

とんだところで足止めをくったが、これもまた大喧嘩のほとぼりを冷ますための方便となれば止《や》むをえまい。

竜蔵は、旅籠から一歩も外に出ずにその日は過ごし、翌朝はゆっくりと発ち、さらにまた次の水口《みなくち》の宿で一泊して、それから西へ旅発った。

草津宿は、水口から二つ目の宿場だ。

喧嘩の誘惑を断ち切って通り過ぎれば、それからは大津《おおつ》が五十三次目で、いよいよ京へ入る。

さすがの小兵衛も、竜蔵が草津を通り過ぎたと思えば、もう河瀬屋伝兵衛との喧嘩も諦めるだろう。

そうして、いよいよ草津の宿へさしかからんとした峡竜蔵であったが、やはりこの男の行く先々に、騒動が起こらぬはずはなかったのである。

五

――そんなに喧嘩がしたけりゃあ、手前《てめえ》で河瀬屋伝兵衛とやり合えばいいんだよ。おれの喧嘩を目に焼き付けてえだと？　わけのわからねえことをぬかしやがって、おれをけしかけて、手前は高みの見物かい。

その実、小兵衛は何か伝兵衛に恨みがあって、竜蔵にその仇《かたき》を討ってもらいたいのではないか。

それならそうとはっきり言えばいいものを、ただ自分に力がないから、あれこれ理屈をつけているならとんでもない奴だと、竜蔵は一人で道行くうちに思い始めていた。

会って話しているなら、小兵衛の不思議な話術に引き込まれてしまったが、よくよく考えてみると、何やら胡散《うさん》くさい男のような気になってきたのだ。

小兵衛をだしぬいて亀山宿を出た後ろめたさが、竜蔵をそんな想いにさせたむきもあった。

小兵衛を否定することで、気分を楽にしようと、心が勝手に反応したのかもしれない。

いずれにせよ、物腰を見ると、ただ者ではないのだが、それゆえさらに、小兵衛という男がよくわからなくなってきたのである。

——まず、旅ですれ違っただけの男だ。

深く考えるのはやめようと、竜蔵は草津の宿へ入った。

さて、一気に通り過ぎん、間違っても河瀬屋伝兵衛一家の者と衝突はせぬように。

竜蔵は、昼下がりの宿場町を足早に進んだのだが、目の前の道をいきなり人垣が塞《ふさ》いでしまった。

——いってえ何なのだ。

竜蔵は苛々として、道を開けろと怒鳴りそうになったが、それが喧嘩の呼び水になってもいけないと思い直し、

「ちょいと御免よ……」

大人しく、人の間をすり抜けようとしたのだが、その人垣が生まれた理由が、やがて明らかとなり、

「何でえこれは……」

竜蔵は目を丸くした。

道端に旅の夫婦連れが座り込んでいる。

二人とも三十前の町の者と思われるが、夫の方は顔が血だらけで、女房が泣きながら手拭《てぬぐ》いで顔を拭いていた。

二人の前には、一見してやくざ者とわかる男達が五人ばかり立っていて、夫婦を睨《にら》みつけている。

女房が瓜実顔《うりざね》の縹緻《きりよう》よしであるのを見ると、宿場を行く二人をやくざ者達がからかい、それを咎めた亭主を痛めつけたと見える。

いきなり難題である。

このやくざ者達は、きっと河瀬屋一家の身内なのであろう。竜蔵が今さら助けに入

ったとて、亭主の方はさんざん殴られた後なのだ。

喧嘩には、やくざ者の方にも言い分があるのかもしれない。

せめて、間に入って夫婦を宿場の外へと出してやろうかと思った。宿場の連中も薄情なもので役人が男達を窘《たしな》めるわけでもなし、ただ見ているだけだ。

喧嘩をするつもりはないが、放《ほう》ってもおけない。

咄嗟《とっさ》にそんなことが頭を過ったのだが、

――いや、放っておけばよいか。

竜蔵はすぐに思い直した。その口許には苦笑いが浮かんでいた。

やくざ者と夫婦の間に、よく見るとやや小柄な武士が一人立っていたのだ。

その武士は、峡小兵衛であった。

「お前達は、この宿場で暮らす者であろう。それが旅の者に害を与えるとは、どういうことだ？」

小兵衛は、やくざ者を咎めていた。

「何じゃい三一《さんぴん》……」

「おのれは引っ込んどれ！」

それに対して破落戸はお決まりの台詞《せりふ》を返す。

こうなると、小兵衛も黙ってはおられまい。

――まずお手並拝見だな。

竜蔵は、苦い笑いが浮き立ったものに変わってくるのを覚えた。

思わぬところで小兵衛を見てしまった。そっと宿場を抜け出せばよいのだが、つい見入ってしまうのが、竜蔵の改まらぬ性質《たち》なのである。

「お前達、わざわざ間に入ったおれにまで喧嘩を売るつもりなのか？」

小兵衛は静かに応えた。

――なかなか好い台詞だ。

竜蔵は、大きく頷《うなず》いた。彼はもう喧嘩見物を楽しんでいた。

「ほう、三一、おのれは喧嘩を買うとぬかすのかい？」

「こら、おもろいわい！」

やくざ者の偉丈夫の一人が腕まくりをして、ずかずかと小兵衛に迫った。

その刹那《せつな》。

小兵衛の体がふわりと宙に浮いた。

「たわけが！」

そうして、彼の蹴《け》りがしっかりと偉丈夫の顔面を捉《とら》えていた。

――うむ、やりおった。

竜蔵は興奮した。喧嘩は最初の一撃が大事である。小柄な小兵衛が、大男の顔面に蹴りを決めれば、周りの者は息を呑《の》むであろう。

そこを間髪を容《い》れず攻め立てる――。

小兵衛は、竜蔵が思い浮かべる策通りに、偉丈夫を一撃で倒すと傍《そば》の一人の顔面に鉄拳《てっけん》を見舞い、もう一人の脾腹《ひばら》に突きを入れた。

たちまち三人が悶絶《もんぜつ》する。

こうなると格の違いを見せられた残りの二人は、逃げるわけにもいかず、自滅的な突進を試みるしかなくなる。

そして小兵衛はそれを読んでさっと体をかわし、一人に足払いをかけ、もう一人の懐《ふところ》に入って投げとばし、それぞれを上から踏みつけた。

――よし！　無駄がなくてよい。

竜蔵が唸ると、小兵衛は兄貴格の偉丈夫を、

「おい、旅の人に詫びを入れろ。謝まらねえか！」

と恫喝《どうかつ》し、腰の刀に手をかけた。

これは脅しで抜くはずもないが、これほど強い武士がもし抜いたら、首は胴につい

ていまい。その恐怖が相手に湧くものだ。

「ご、ご勘弁願います……」

五人は一斉に、旅の夫婦に詫びた。

「おい、薬代のひとつ渡さぬか」

小兵衛は、刀に手をかけたまま、さらに脅した。

「へ、へえ……」

偉丈夫の兄貴格が、小粒を差し出した。

小兵衛はそれを手に取り、あまりの出来事に固まってしまっている夫婦連れに、

「遠慮のうもろうておけばよろしい」

と手渡して、

「さあ、早《はよ》う立たれよ」

夫婦を行かせてやった。二人は平身低頭で、宿場を立ち去った。

「お前達も暇でもなかろうが、後で宿場を案内してくれぬか。頼んだぞ」

小兵衛は、やっと起き上がった五人にそう言って笑いかけると、

「いや、これは先生！」

目敏《めざと》く竜蔵を見つけて寄ってきた。

――しまった！

思わず見入ってしまい、そこから逃げるのが遅れてしまった竜蔵であった。

――こ奴め、何を企んでいるのだ。

今さら逃げられぬ竜蔵に、小兵衛はにこやかに寄ってきて、

「もうお会いできぬかと思うておりましたぞ」

少し詰《なじ》るように言った。

「いや、あの折はすまなんだ。まず色々とあってな」

竜蔵は、人目を気にしつつその場から逃げるように歩き出した。

宿場の破落戸の五人組を快く思っていなかった者達の視線が、一斉に竜蔵と小兵衛に注がれたからだ。

凄腕を見せた小兵衛が、〝先生〟と呼ぶのだ。この旅の浪人は相当腕が立つのであろうと、人は思うではないか。

小兵衛は、竜蔵について歩きながら、

「わたしも先生に、くだらぬ話をしてしまいましたことを詫びねばなりません」

殊勝な顔をしてみせた。

「いや、詫びるほどのことでもないさ。だが、いくら何でも、おれがこの宿場の顔役

と一人で喧嘩するってえのは無理な話だ」

「そうでしょうか？　わたしでも、あの五人を相手に何とか恰好《かっこう》がつきました」

「恰好どころか、見事だったよ。今さらおれの喧嘩をその目に焼き付けずとも、おぬしは十分喧嘩の名人に値するぜ」

「それは真で？」

「真、真、おれが認めるよ」

「それは嬉しゅうござる」

「だから、互《たげ》えにとっととこの宿場を出ようじゃあねえか」

「いや、どうか今日のところは、ここでお泊まりくだされ」

「泊まってどうするってえんだよ」

竜蔵は、しかめっ面をした。

どうやら小兵衛は、亀山宿を出てからの竜蔵の動きを既に把握していて、草津で待ち構えていたように思われる。

「伝兵衛がいかに思い上がった男かを見定めていただきとうござる」

「見定めてどうするんだよ」

「先生の目から見て、伝兵衛はどう映るか、お訊ねしたいのです」

「そんならおれが、まあこれくれえの思い上がりなら許してやんなと言ったら、おぬしは得心するのかい？」

「それはわかりません」

「何だよそれは……。おぬしの目で判断すればいいだろう」

「わたしの目では、既に奴は相当思い上がって、悪辣なことをしております」

「そんなら、おぬしが思い知らせてやるがいいや。その腕をもってすれば、喧嘩には負けねえよ」

「とんでもない。あの五人を倒すことなどわけはないが、一家を相手にするとなると、わたしの腕と才覚では、どうしようもありませんよ」

「そこを一番、勝負をかけるのが男じゃあねえか」

「それはわかりますが、幼な子が大人と喧嘩するようなものです。まず手本を見せていただきとうござる……」

「馬鹿野郎、手本を見せる前に、おれが死んじまったらどうするんだよ」

「先生が不覚をとることはありません」

「いいか、喧嘩の本当の極意はなあ」

「何でしょう？」

「逃げることだよ」

「もはや逃げられませぬぞ」

「何だと……」

さっさと宿場を通過しようと、京方の見附《みつけ》へ向かったものの、立木《たちき》神社の手前で、大勢の男が二人を待ち構えていた。

その中央には、いかにも屈強そうな武士が立っている。

竜蔵には、それが河瀬屋一家の連中であると、一目でわかった。

――面倒なことになってきたぜ。

竜蔵は溜息《ためいき》をついた。

屈強の武士の横にいた三十半ばの男が口を開いた。

「まずお待ちくださりませ。わたしは河瀬屋の番頭で、又蔵《またぞう》という者でございます……」

表向きの顔で挨拶《あいさつ》をしたが、低くどすの利いた声である。

「言っておくが、先ほどお前のところの若い衆ともめたのは、おれじゃあねえ。こいつだからな」

竜蔵は腹立ちまぎれにそう言った。悪童が大人に言いつけるような口調に、又蔵と

いう男は破顔して、

「そちらの旦那《だんな》が先生と敬うお武家様も、相当なお方と存じます。お急ぎのところ申し訳ございりませぬが、少しお付合いを願います」

と、恭《うやうや》しく言った。

六

「まったく、とんだとばっちりだ」

竜蔵が唸った。

「いや、しかしこれで河瀬屋伝兵衛という男のことが知れるというもの」

小兵衛が宥《なだ》めるように言った。

「おれはそんなものは知りたかあねえや。だいたいお前が余計なことをするからだな……」

「あの夫婦連れは、何も悪いことをしていなかったのです。誰だって女房をからかわれたら、文句を言うでしょう。それをあの五人は寄ってたかって殴る蹴るの狼藉を加えたのです。先生もその場にいれば、同じことをしたと思います」

「まあ、そいつはそうだが……。お前、おれが草津に入ったのを確かめてから喧嘩を始めただろ」

「ははは、まあそれは、その、先生にわたしの腕を見ていただきたかったのです。自分では何もできぬゆえに、先生をけしかけていると思われたくはなかったので……」

「そのことについてはよくわかったよ。お前が本気でおれの喧嘩を受け継ごうとしているのはな」

「わかっていただけたなら何よりです」

「だがなあ、いくらおれがお調子者でも、お前のそんな馬鹿な企みに付合ってはいられねえ、喧嘩をしたけりゃあ勝手にすりゃあいいんだ。こんなところで足止めを食らって、いい迷惑だぜ」

竜蔵と小兵衛は、河瀬屋一家の代貸である又蔵に呼び止められて、旅籠〝河瀬屋〟の向かいにある料理屋に案内された。

屈強の武士は、用心棒の後藤謙二郎という浪人で、小兵衛の腕を見込んで、竜蔵と共に草津に留めおいた方がよいと、親分の伝兵衛に勧めたのである。

伝兵衛の動きは早かった。

すぐに乾分の又蔵に命じて、人数を集めさせ、竜蔵と小兵衛の行く手をさえぎり、後藤の意見を取り入れたのだ。

その辺の決断の早さと行動力は、さすがに大親分となっただけのことはあった。

急いで宿場を出ようとした竜蔵であったが、伝兵衛の方から会いたいと申し入れてきたものを、無下にはねつけるわけにもいかなかった。

又蔵はその折、

「最前は、うちの若い者が不調法をいたしまして申し訳ございません……」

と、小兵衛に詫びた。それが悪党の社交辞令であったとしても、突っぱねて恥をかかせると、結局は喧嘩になってしまう。

竜蔵は止むなく料理屋へ出向いたというわけだ。

小兵衛は、

「先生ほどのお方なら、伝兵衛と会えば、奴がどんな男か一目でわかるかと」

などと言って、自分と一緒に一度会ってもらいたいというのだが、関わりが出来れば出来るほど、竜蔵が河瀬屋一家とやり合わねばならぬ状況になるではないか。

何やら、小兵衛の策にどんどんと乗せられているようで、竜蔵にはそれが気に入らないのである。

しかし、伝兵衛も、凄腕の武士二人を厚く遇して近付きになろうという気遣いは見せている。

二人が通された料理屋の座敷は、床の間に水墨画、その横には違い棚。八畳敷で、今は閉ざされている襖戸《ふすまど》の上には、竹生島《ちくぶしま》が描かれた欄間があった。

なかなかに豪華な一間で、すぐに出てきた、鯉《こい》や鮒《ふな》の料理も美味い。

まず二人だけで一杯やらせておいて、少し身も心もほぐれた頃に現れようというのであろうが、それも気が利いている。

お蔭で竜蔵は、小兵衛にあれこれと文句が言えたので少しは気も収まってきた。

――まあ、さすがは大親分と言われるだけのことはある。

嫌な男であろうが何であろうが、そこは侮《あなど》れぬということだ。

竜蔵が、そんな風に思い出した頃に、

「ごめんくださいまし……」

呼ばう声がして、襖が開いた。

そこは、十畳敷の広間で、両脇に又蔵と後藤謙二郎を侍《はべ》らせ、後ろにはこれといった乾分達をずらりと居並ばせた伝兵衛が、中央にいて恭しく畏まっていた。

「河瀬屋の伝兵衛と申します。この度は色々と至らぬことがあったそうで、五人の者はきつく叱りつけておきましたので、ご勘弁を願います」

伝兵衛は、如才のない調子でまず詫びた。

「いや、乱暴を咎めたところ喧嘩を売られたのでつい手と足が出たが、こちらも手荒なことをしてしもうたな」

小兵衛は、落ち着き払って応えた。

「とんでもないことでございます。あほにつける薬はござりませんので、よう叩いてやってくださいましたと喜んでおります」

伝兵衛は、一笑に付した。

「そうか、それならばよかった」

小兵衛はにこりと笑って竜蔵を見た。

こういう時は、こんな風に応えればよいものかと、訊ねるような目をしている。

存外に悪い親分でもなさそうだと、竜蔵は思った。

こういう如才のない風情の裏で、平気で酷《ひど》い悪事を働く奴を何人も見てきたゆえ、こ奴もその類《たぐい》かもしれないが、それをわざわざここに逗留して確かめるつもりもなかった。

「おれは、峡《ちゅう》竜蔵という者だが、別段この男の師でもない。剣友というわけでもない。ただ旅の中に知り合っただけでな。それゆえ、この男と手打ちをするというなら、これから存分にやってくれ。おれは先を急ぐのでな」

　竜蔵はそれだけを言うと、この場から立ち去ろうとしたのだが、

「先生、それは余りにもお情けのうござる。江戸は芝での大喧嘩に助っ人なされた話など、いずれも男伊達の者の手本になるようなことばかり。親分にも聞かせてあげてはどうでござる？」

　小兵衛は、わざと竜蔵を賛美して、彼が喧嘩名人として知られていることを、ことさらに強調してみせた。

　こうなると、五人の男を一瞬にして倒した小兵衛がそのように語るのだ。

「峡先生！　お礼はしっかりとさせていただきますので、何卒《なにとぞ》、この草津にもう少しばかり、お止《とど》まり願えませぬか」

　伝兵衛は、大仰に畏まってみせ、頼み込む。

　――この野郎……。

　竜蔵は、小兵衛への怒りが湧いてきた。

　用心棒の後藤が、ここで口を挟んだ。

「河瀬屋伝兵衛といえば、この辺りでは、それと知られた親分だ。それがここまで願うのであるから、ここは貴殿も、やくざ者だと邪険にせず、少しばかり付合《つきお》うてはくださらぬかな」

この浪人もなかなかしたたかである。

伝兵衛を立てつつ、旅の剣客に対して、

「自分達に恥をかかせるな」

と釘《くぎ》を刺して、己を大きく見せているのだ。

——この野郎、邪険にするなだと？

場合によっては黙ってはおらぬという意思表示をするなら、この場で決着をつけてやってもいいぞ。

竜蔵の怒りが小兵衛から後藤に向いたが、後藤にも用心棒としての面目もあろう。むきになってはねつければ、やはり喧嘩になる。とにかく何がどうなっても喧嘩になってしまうのだ。

「わかった。但《ただ》し、今宵だけの付合としてもらいたい。なに、この峡小兵衛を残していくゆえ大事あるまい。それと付け加えておくが、峡竜蔵と峡小兵衛は、姓が同じだが何の関わりもないのだ……」

竜蔵は仕方なく、草津の宿での河瀬屋伝兵衛の歓待を受けたのであった。

七

その夜峡竜蔵は、河瀬屋に泊まらず別の旅籠に宿をとった。

伝兵衛は泊まっていけと勧めたが、

「手前の腕をひけらかして、たかっているように思われるのは嫌だからな」

そう言って間を空けた。

その際、小兵衛については、

「喧嘩をしたのはこの男だ。まあ、ゆるりと仲直りをしてくれたらいい」

と言い置いて、料理屋での宴《うたげ》が終ると、小兵衛を置いてさっさと宿へ入ったのだ。

竜蔵は、あくまでも明日になれば、宿場を出ると伝えていた。

「先生、まあそう言わず、ゆっくりとしていってくれたらよろしいのに」

伝兵衛はしばらくの滞在を勧めたものだが、あれこれ話すのも面倒になって、早々に切り上げて質素な平旅籠を選んで体を休めた。

疲れる宴席であった。

伝兵衛は、やたらと竜蔵の武勇伝を聞きたがったが、自慢話はするのもされるのも嫌な竜蔵である。

喧嘩に出向いたが、相手があまりにも大勢なので慌てて逃げ帰ったなど、若い頃の失敗談や喧嘩によって知った剣の奥深さなど、おもしろおかしく話してお茶を濁した。

ところが、小兵衛は驚くほど竜蔵の武勇伝を知っていて、横からあの時はどうだったかと問うてくるので、結局は小兵衛が竜蔵の喧嘩の強さを賛《たた》え、竜蔵が適当に相槌《あいづち》を打ったり、

「おいおい、そいつは大袈裟だよ」

などと窘めるのに終始した。

気乗りのしない宴席だけに、あれこれ自分から話さずに済んだのは幸いであったが、竜蔵は小兵衛という男が不気味に思えてきてならなかった。

——まあいいや、こんな時もあるさ。何が何でも明日はこの宿場を出よう。

床に就いたが、なかなか眠れなかった。

どうも気分が悪い。小兵衛は、河瀬屋伝兵衛を悪党だと決めつけていた。

そして、会えばわかると言って、無理矢理に竜蔵を伝兵衛の宴席に引き込んだ。

小兵衛の言うことは間違っていないかもしれない。

伝兵衛の如才ない物腰のよさには、

「おれと仲よくしておけば、好い目が見られるぜ」

という嫌な言葉が潜んでいた。

乾分五人が痛めつけられても、こっちに非があれば素直に認めて宴に誘う。そんな度量の大きさを見せつけたつもりかもしれぬが、

「そんなに強い男なら、何かの役に立つかもしれない」

という計算高さが見え隠れする。

又蔵達乾分の方も、伝兵衛と一緒になって竜蔵と小兵衛を持ち上げるが、追従が鼻につく。

用心棒の後藤某は、小兵衛の話に相槌を打ってはいるが、

「おれの腕を侮るなよ。お前には負けぬ」

という対抗意識がはっきりと見える。

——小兵衛の言う通り、奴らは悪党だ。浜の清兵衛のような男気とか、奥ゆかしさとかが見えねえ。ただおのれの力をひけらかして弱《よえ》え奴を押さえこむしか能がねえ。だが、おれは役人でも、神仏でもねえんだ。奴らに罰を与えにゃあならねえ謂《いわ》れはねえや。

竜蔵は、自分に言い聞かせて目を閉じたが、やはり眠れない。

ちょっと外へ出てみようと、旅籠を出て夜の町を歩いてみた。

まだ宵の口で、町は賑《にぎ》やかだった。

草津の宿は、東海道と中山道が交わり、有数の規模を誇る宿場町である。天保《てんぽう》（一八三〇〜一八四四年）の頃には旅籠が七十数軒あったというから、その賑やかさも容易に想像出来る。

通りを色どる軒行灯《のきあんどん》の明かりは、夢の中にいるような妖《あや》しさである。この夢幻に惹かれて、どこまでも町をさまよった頃もあった。

しかし、今は月に二、三度歩けば、もう十分である。

――それを、老いたというのか。いや、落ち着いたというのか。

このところは、そんな自問自答が増えていた。

――あいつ、何を考えてやがるんだ。

竜蔵は、向こうの方から若い衆に囲まれて、上機嫌でやって来る小兵衛の姿を見かけて立ち止まった。

足は、知らず知らずのうちに路地へと向かい、小兵衛の様子をそっと物陰から覗《のぞ》いていた。

「まあ、しばらくここに止まって、河瀬屋の厄介になるのも悪くはないな」

小兵衛は、伝兵衛の意を受けた乾分達が客人になるよう誘いをかけてきているのに、色よい返事をしていた。

乾分達は詳しいことは言わないが、近頃、河瀬屋一家はどこかに敵を抱えていて、用心棒を強化しておきたいように思える。

それゆえ伝兵衛は、小兵衛と竜蔵を囲い込むことに余念がないのであろうが、

――ふふふ、おれも安く見られたものだ。

公儀武芸修練所の師範にまで推された峡竜蔵も、草津に来れば、まったく剣名は届いておらず、用心棒の勧誘にあうとは情けなかった。

小兵衛は、いったい何をしているのだろうか。敵の懐に入ってさらに様子を見ようとしているのだろうか。それとも、竜蔵が小兵衛を残して宿へ入ってから、さらに歓待を受けて、好い気になってきたのか――。

「おれが草津に残るのもいいが、まず止めおかねばならぬのは、峡竜蔵だぞ。もしあの男が、他所《よそ》の一家に身を寄せるようなことになれば、河瀬屋にとっては脅威になるぞ」

小兵衛は目を光らせた。

伝兵衛の乾分達は、なるほどと頷いた。

その中には、代貸の又蔵もいる。

「小兵衛の旦那からもよろしくお口添え願いますよ。礼ははずみますよってに……」

又蔵はニヤリと笑った。

「ここに止まるようには勧めてみるが、あの男は気まぐれだ。いつ敵に回るかわからぬゆえ、気をつけるんだな」

小兵衛は、それから二言、三言囁《ささや》き合うと、やがて乾分達と別れて、ふらふらと歩き出した。

伯母川《おばがわ》の辺りへ出たところで、

「おう、手前はいってえ何者なんだ……」

竜蔵のずしりとした声が辺りに響いた。

「これは先生……」

小兵衛は、人を食ったような顔を向けた。

「とどのつまり、お前はおれをだしにして、伝兵衛の用心棒に納まろうってえのかい」

「やはりそのように思われましたか」

「やはりもへちまもあるかい。お前、なめた真似をしやがるとぶった斬るぞ!」

竜蔵は頭に血が上って、ついに刀に手をかけた。

小兵衛は、さっととびのいて、彼もまた刀に手をかける。

辺りをおびただしい剣気が襲った。竜蔵は、このまま小兵衛と斬り合うのは気が引けたが、この殺気の中で無闇《むやみ》に口を開くのは命取りだと悟り、じりじりと間合を詰めた。

相手がいきなり抜き打ちをかけてくれば、こちらも応じねばならぬ。

緊迫がいつをもって極みとなるかはわからぬのが、真剣勝負の常なのだ。

一陣の風が川端を吹き抜け、ざわざわと枯れ薄《すすき》を揺らした時、それは極まった。

「えいッ！」

と、抜いた小兵衛の一刀を、

「やあッ！」

と、応じた竜蔵の白刃が撥《は》ね返す。

一瞬、宵闇に散った火花が消えた時。

小兵衛は納刀して、その場に跪《ひざまず》いた。

「お許しくださりませ。一度、抜き合うてみたかったのです。いや、やはり足許にも及びませぬ。これでは、まだまだ一人では、河瀬屋相手に喧嘩などできませせぬ」

小兵衛は、しゃあしゃあと語った。

「おい、何だそれは……。手前の腕を見せて、まだ拙《つた》ないから、どこまでもおれに喧嘩をさせるつもりなのか」

竜蔵は呆《あき》れ顔で言った。

「はい、できればそうしていただいて、わたしに伝説を残してくだされればありがたいと……」

「まだそんなことを言ってやがる」

「わたしは、河瀬屋の用心棒に納まる気など毛頭ござらぬ。ただ、相手の懐に入ればあれこれ先生に見ていただけるものもあると思いまして……」

「馬鹿野郎、そんなものは見たくもねえんだよ！」

八

小半刻《こはんとき》（約三十分）後。

竜蔵は、小兵衛と共に、河瀬屋の賭場《どば》にいた。二人の姿を見た乾分達は、大喜びで中へ通し、駒《こま》を回してくれようとしたが、

「いや、それには及ばぬよ。どんなところか見たくてな。先生にお付合い願ったのだ」

小兵衛はそれを断って、竜蔵と賭場の隅で酒を飲んで様子を眺めた。

やがて伝兵衛が顔を出して、

「こんなところへお顔を出してくださるとは真にありがたいことでございます」

二人に挨拶をすると、乾分達にあれこれと指図をしてやがて出ていった。

小兵衛が早速、竜蔵を伴い賭場に顔出ししたのは、河瀬屋でしばらく厄介になるゆえに、荒くれが集う賭場を知り、睨みを利かしてやろうという意図からだと、勝手に納得したのである。

竜蔵は次第に仏頂面になってきた。

どうしても小兵衛の言うことを聞き入れてしまう自分に対して、

――好い歳《とし》をして何てめでてえ男なんだ。

と腹だたしくもあったのだが、ここへ来るまでに小兵衛が語った話が、この賭場に来てみると、

――なるほど、そういうことか。

と思えてきて、大いにむかついてきたのだ。

小兵衛の話とは、彼が柳生の里を出て、剣と男を磨かんとして諸国行脚を始めた頃のことである。

江戸の寺を出奔した小僧は、旅の剣客に拾われて柳生の里で成長し、峡小兵衛と名乗って、意気揚々と旅に出た。

しかし、少しばかり剣の腕が立つからといって、その日の糧を得ながらする旅は、まだ若い小兵衛にとっては大変であった。

やくざ者の食客になればよかったのであろうが、小兵衛は気に入らぬ男の世話にはなりたくはなかった。

俠気溢《あふ》れる男の許でこそ、その力になりたい――。

そのような青い想いを持ち続けていたのであった。

しかし、そもそもやくざ者に、そういう好い男はほとんどいなかった。となると、土地土地の剣術道場を訪ね、剣術指南をして礼金をもらうか、宿場町で起こる喧嘩の仲裁や、商家が金品を運ぶ時の警護を務める、などとなる。しかしそれにありつけることは珍しかった。

十年ほど前に、この草津へ来たことがあったのだが、その頃から河瀬屋伝兵衛は町を牛耳り、小兵衛の目からは狡猾《こうかつ》なやくざ者にしか見えなかったという。

つまり小兵衛は、宿りと食に窮した。

どんな強い男でも、食べなければ力は出ない。河原で呆然として座り込んでいるところを、旅籠の女中をしていたお絹《きぬ》という女に声をかけられた。

余ほど切羽詰まり、今にも川に流されていきそうに見えたのであろう。

「何かお困りですか？」

「いかにも困っておる。これでも腕っ節はなかなかのものだし、読み書きもできるし、人のために体を張るだけの覚悟もある。しかし、路銀に窮すれば、それを活《い》かすこともならず、どうしたものかと思案をしているところでな……」

お絹は、小兵衛の困りようがおもしろくて、からからと笑った。

「笑いごとではないと思うが……」

「申し訳ありません、困ったようには見えなんだので、つい……」

お絹は、一目見て悪い人ではないと思い、

「こんなことでよかったら……」

と、米搗《こめつ》きの仕事を回してくれた。どちらかというと小柄な小兵衛であるが、腕っ節が強いという言葉を信じたのだ。

剣客を気取る小兵衛であるが、背に腹は代えられぬ。ありがたくそれを受けて働き、気の荒い米搗き達の喧嘩を止めたりして、たちまち一目置かれるようになった。

これほどまでに喧嘩が強いなら、河瀬屋に身を売り込むことも出来たであろうに、それをしないところがまた受け入れられたのだ。

しかし、ここで好い顔になったとて仕方がなかった。また、米搗きに腕っ節の強い浪人風がいると知れたら、河瀬屋から誘いがくるかもしれない。

それで小兵衛は、十日ばかりでそこを辞めてまた旅発ったのだ。その間に飯にありつき、僅かながらも路銀を得たし、体を鍛えることも出来たのでいうことはなかった。

小兵衛は、お絹に感謝した。お絹は亭主に死に別れ、幼な子を抱えて、苦労しながら宿場で女中をしていた。

いつか立派な剣客になって、お絹に恩返しをしようと誓い、ひとまずの別れを告げたのであった。

結局、小兵衛は剣客の道からは外れたが、喧嘩屋としては大成した。理不尽な奴を叩き伏せ、時に仲裁人となり、人のために喧嘩をして、そこから金を得るこつを覚えたのだ。

もう一度草津へ立ち寄り、お絹にあの日の礼を言い、五両ばかりの金を渡そう——。

そう思い続け、旅の仲間から草津の様子を教えてもらっていたところ、お絹はあろうことか、伝兵衛の囲い者になったという。

お絹は、目鼻立ちの整った縹緻よしで、方々から再嫁の勧めがあったのだが、そこに目を付けた伝兵衛が、強引に自分のものにしたらしい。

お絹は、仙太《せんた》という幼な子を抱えていたから、町の顔役である伝兵衛の言うことには逆らえなかったのであろう。

この頃から、伝兵衛の思い上がりは激しくなり、意のままにならぬ店などは、片っ端から潰していった。小兵衛が世話になった米屋もその中のひとつであった。

お絹は覚悟を決めた。だが半年も経たぬうちに伝兵衛の横暴に堪えかねて、仙太を連れて町を出ようとしたが、すぐに連れ戻され、やがて病に臥《ふ》して帰らぬ人となった。

伝兵衛は、自分から逃げようとしたお絹を世間の手前許すふりをしたが、お絹が死んだ後は、その子の仙太に辛《つら》く当り、まだ十三の彼を使いっ走りにしてこき使っているという。

小兵衛は、その仙太を拾い上げて、まともな暮らしをさせてやりたいのだと竜蔵に打ち明けた。

その話を聞かされると、竜蔵も小兵衛を怒れなくなってしまった。

仙太の様子を見るために、河瀬屋一家の懐に入りたいと言う想いはわかるし、やくざ者と話をつけるには、有無を言わさず連れ帰るだけの思い切りが何よりなのだ。

しかも、仲間を率いて話をつけようとすれば、これは破落戸同士の抗争となり、役人が治安維持のために鎮圧に乗り出すことも考えられる。

ただ一人で乗り込んで引ったくるように連れて帰る。一人にしてやられたとなれば面目も立たないので相手も派手に言い立てない。

だが、そんな芸当が出来る者が、この世に何人いるだろう。

それゆえ峡竜蔵を頼ったというなら、それもまた自分自身が今までまいてきた種と言えるではないか。

竜蔵は、仏頂面の向こうで、迷惑な男ながら小兵衛の想いが理解できてきた。

「先生、あれがその仙太ですよ」

小兵衛は賭場の中で、やくざ者達に怒鳴られながら、茶を運んだり、座布団を出したり、こまねずみのように動き回っている少年を顎《あご》でしゃくってみせた。

竜蔵の胸の怒りはさらに大きくなってきた。

「そうかい、小兵衛、お前はこれを確かめたかったんだな」

くだけた物言いは、小兵衛を弟分と認めた証《あかし》であった。

「仙太！　おのれは何をもたもたしてけつかるのや」

伝兵衛は賭場を出しなに、そう言って仙太を足蹴《あしげ》にしたものだ。

「仙太を取り返せなかったら、わたしはいいが、仙太がもっとひどい目に遭わされると思いましてねえ」

「それゆえ、おれにいてもらいたかったってわけかい？」

「はい、ついでといっては何ですが、喧嘩の極意を御披露いただきたく……」

「そうして喧嘩名人の伝説を作るか」

「剣に長じ、侠気ある人になりたいのです」

「ほう、剣侠か……。誰に教わった？」

「先生のお父上です」

「何だと……」

「わたしを拾ってくれたというのは、峡虎蔵先生でした」

「馬鹿野郎、それを早く言わねえか」

「いつお話ししようかと思っていたのですが、言ったことで気まずくなってもいけないと思いまして」

それは、竜蔵にとって、衝撃的な事実であった。

虎蔵は、小兵衛を拾って一年近くの間、供にして剣術と喧嘩を教えてくれたという。

だが、いつまでもこれではいけないと、柳生の里の剣友、上村光《かみむらみつ》右《え》衛門《もん》に預け、その後大坂へ出て、そこで河豚《ふぐ》の毒にあたって客死したのだという。

「先生は、おれには竜蔵という強え《つえ》倅《せがれ》がいるんだと、よく仰せになっていました。子供というのは、親の悪いところばかり似るらしい、剣術より喧嘩ばかり強くなりやがる、などと……」

「そうかい……」

「歳はお前よりもずっと上だが、お前を連れて歩いていると、竜蔵のことが思い出されてならねえ。大坂へ寄ったら江戸に戻って、倅に稽古をつけてやるか、いや、藤川先生に願い出て、一緒に修行の旅に出るか……、などと……」

「そうかい……」

「羨ましゅうござった。そして、わたしは、虎蔵先生にあやかって峡と名乗り、竜蔵殿にいつかお会いしたいとずっと思っておりました」

小兵衛はそう言うと、腰に差していた一尺（約三十センチ）の鉄扇を、そっと竜蔵に握らせた。それは虎蔵が別れ際に、小兵衛にくれたものだという。

「確かにこいつは親父《おやじ》の鉄扇だ」

「喧嘩の時に、何度もこの鉄扇に助けられました。だが、わたしが持っているより、竜蔵殿が持っていた方がよいかと」

「いらねえよ。これは親父がお前にやった物だろうが」

竜蔵は、〝虎〟という字が刻まれた鉄扇をじっと眺めると、それを小兵衛の手に再び戻して、相変わらずこき使われている哀れな仙太を呼び付けて、

「お前、仙太ってえのかい。辛い毎日も、今日で終りだと思っておきな」

と囁いた。

仙太は意味もわからず、明日殺されるのかもしれないと、怯《おび》えた表情になったが、

「恐がるんじゃあねえや。おれ達は、お前のおっ母《か》さんに昔世話になったものでな。こんな暮らしから、きっと救い出してやるから、明日になるまでは生きていろよ」

と、頬笑《ほほえ》んだ。

仙太はそれでもわけがわからず、珍しく自分にやさしくしてくれる二人に、引きつったような笑みを返して、その場を立ち去った。

日々怯えて暮らす仙太は、いったいどんな悪いことをしたというのか。

「小兵衛……」

「はい……」

「お前ほど、まどろこしい奴はいねえや。谷の峡で拾われたから峡と付けただと？　親父に因《ちな》んで勝手に名乗ったからって、おれが怒ると思ったのかい。手前にはうんざりだ」

「竜蔵殿……」

「だが、親父が生きていたら、もうすっかりと爺《じい》さんになっているが、それでもきっと、あの子を救《たす》けただろうよ」

竜蔵は、ニヤリと笑うと、

「さて、今日のところは引き上げるか……」

小兵衛を促して立ち上がった。

九

翌朝。

峡竜蔵、小兵衛の姿は、河瀬屋の表にあった。

「小兵衛、ここぞとなれば、お前も手伝えよ」

「いいのですか?」

「当り前だろ。おれ一人じゃあ疲れるだろう。まあ、おっ始まるまでは、どこかで見物していたらいいがよう」

「わかりました」

「よし、そんなら行ってくらあ」

竜蔵は、物見遊山に行くかのように旅籠の中へ、小兵衛はそこが窺い見られる路地の陰へと別れた。

竜蔵が中へ入ると、乾分達が出て来て、

「へへへ、旦那、遊びに来てくれはったんですか?」

「まあ、来ると思てましたけどな」

やたらと馴《な》れ馴《な》れしくなっているのは、この浪人も結局は、伝兵衛と近付きになり、甘い汁を吸おうとしているのだと思い、仲間意識が生まれたのだろう。

竜蔵は、自分を偉いとは思わぬが、こ奴らに同じ穴の狢《むじな》だとは見られたくはない。

「遊びじゃあねえや。伝兵衛に話があってきたんだ」

「親分に?」

そ奴が怪訝《けげん》な顔をしたので、

「伝兵衛を呼べと言っているんだよう」

竜蔵は、体の芯《しん》に響くような凄《すご》みのある声で言った。

「へ、へえ……」

乾分達は逃げ出すように奥へ引っ込んだ。

動物の本能で、この旦那は恐ろしいと感じたようだ。

「こら旦那でおましたか。今日はゆっくりと楽しんでおくなはれ」

伝兵衛もまた物言いが変わっている。この瞬間、自分が雇い主になったと思ったのであろう。

「いや、おれは今日発つことにした」

「今日発つ？　そんな愛想のないことを……」

「愛想がなくてすまなかったなあ。また会いにこようよ」

竜蔵はふっと笑ったが、伝兵衛はさすがに気圧《けお》されて、

「残念でございますが、それでは路銀の足しにしていただきましょう」

親分の貫禄《かんろく》を保たんとして、懐に手を入れたが、

「そんなものはいらねえよ」

「そやけど、それではこの河瀬屋伝兵衛の男が立ちまへんがな。さあ、とにかくこんなところでは何ですよってに、まずはお上がりを」

「いや、ここでいい」

「左様で……」

「路銀はいらねえが、もらっていきてえものがあるんだがなあ」

「へえ、何なりと」

「仙太っていう若《わけ》えのをもらい受けてえんだ」

「仙太……？」

「ああ、お前が無理矢理言い寄って囲い者にした、お絹って女の忘れ形見さ」

「旦那、人聞きの悪いことを言わんといてもらえますか」

「おれが言った通りのはずだぜ。ここの者なら皆が知っていらぁ」

「旦那は、お絹とは？」

「会ったこともねえが、おれの弟分が昔世話になったことがあるんだ。見れば、やくざ者の使いっ走りをさせられた上に、何かというと殴られて、見ちゃあいられねえから、連れて帰ると言っているんだよう」

「言うておきますが、わしも行くところのない仙太を哀れやと思うて面倒を見てやっていますのや。言いがかりはやめておくなはれ」

「お絹が操を立てようとした、死んだ亭主の倅が憎いのかい？　お前、昨日も賭場で、仙太を足蹴にしてたじゃあねえか」

「あれは躾《しつけ》ですがな」

「まあ、何でもいいや、とにかくもらっていくぜ」

「それは渡せぬな……」

いつしか後藤謙二郎が、乾分を引き連れ、表から中を覗いていた。

「何でえ、偉そうな用心棒か。お前に聞いちゃあいねえや、引っ込んでやがれ。やい伝兵衛、お前今、何なりとって言ったじゃあねえか。あれは嘘《うそ》だったのかい」

竜蔵の喧嘩口上は高潮に達した。

竜蔵はただ一人である。腕の立つ用心棒の後藤が表に十人ばかり連れて立っている上に、奥から又蔵が五人連れて出てきた。

河瀬屋一家も、数を恃《たの》んで気が大きくなってくる。

「ふん、何なりとと言うても、出せるものと出せんものがあるわい。路銀ならくれてやるよってに、早《はよ》う去《い》にさらせ！」

伝兵衛も、ついに喧嘩腰で竜蔵に吐き捨てるように言った。

仙太などくれてやってもよいが、それでは伝兵衛の意地が立たないのである。

「そうかい。てことは、連れていくなら、腕ずくで連れていけと言うんだな」

竜蔵は盛り上がった様子の中で喧嘩を売る。

こうなると勢いである。

「まず、そういうことですなあ」

伝兵衛から返ってくる応えは決まっていた。

芝の喧嘩は助っ人であったが、今日は違う。一人で殴り込む、最も喧嘩の醍醐味《だいごみ》に充《み》ちたものだ。

「よし、話は決まった！　そんならまずお前からだ！」

竜蔵は振り向きざまに、旅籠の出入り口に置いてあった下駄を後藤に投げつけた。

「何をする！」

後藤はそれをかわして、抜刀した。

その動きは見事であったが、かわした分、動きが遅れる。竜蔵はその機を逃さず、抜刀するや、後藤の刀を撥ね上げて、峰で面を打った。

「何をする？　喧嘩をするんだよう！」

後藤はいきなり昏倒《こんとう》した。

そこからは、草を刈るかのように、竜蔵は乾分共を打ち据えた。

「小兵衛！　出てこい！　雑魚《ざこ》は任せた」

竜蔵に呼ばれて、路地から小兵衛が躍り出て、手にした棍棒《こんぼう》で、右に左に乾分共を打ち倒した。

「こんなものでよろしゅうござるか？」

「うむ、小兵衛、その調子だ！」

言うや竜蔵は、逃げ惑う伝兵衛に飛び蹴りを食らわして、

「伝兵衛、いいかい？　仙太は連れて帰るよ」

一転してやさしい声で言った。

十

それからは、手打ちの宴が盛大に行われた。

「負けましたわ。いや、旦那には負けましたわ。そやけど、負けてすっきりいたしましたわ。何じゃ知らん、肩の荷が下りたような……」

果して小兵衛が言った通り、伝兵衛は竜蔵の乾分になった。

相手が何人いようが、その場の気を呑み、最強の敵を初めに倒し、先手必勝で己が強さを見せつける。

そして、喧嘩ではなく、一緒に遊んでいたかのような気安さで、喧嘩の終りを告げ、後はとにかく酒で心を通わせ合う。

どんなに心の傷んだ者でも、竜蔵と一緒にいれば、心が開かれて子供に戻るのだ。

「小兵衛、仙太、行くぜ……」

そして、手打ちの宴を終えると、竜蔵は二人を連れて風のように宿場を去った。

仙太はただ目を丸くしたが、自分を渡す渡さないで喧嘩になって、

「この先、お前が身の立つようにしてみせる」

と、小兵衛に言われると、たちまち解き放たれるような想いとなり迷いもなく、笑みを浮かべて付いて来た。

小兵衛は恐れ入ったとばかりに、

「返す返すも、御無礼をお許しください」

道中、何度も何度も謝った。

「喧嘩の手本になったかい？」

「はい、それはもう……」

「そんなら、父・虎蔵に代わって、峡小兵衛に、喧嘩の印可を与えよう」

「忝《かたじけの》うござりまする！」

竜蔵は、大津の宿で小兵衛に喧嘩の印可を与えたのである。

「いや、小兵衛、お前のお蔭で、胸の支《つか》えが取れたぜ。親父が、どう生きたかったかが、窺い見られた気がしてよう」

竜蔵はつくづくと言ったものだ。

ほとぼりを冷ましに出た旅であったが、父・虎蔵が今の自分の姿を見たら、

「お前は、ほとぼりを冷まさねえといけねえほどの悪さをしたのかい。悪いと思った人には、悪かったと頭を下げりゃあ好い。だがお前は手前の生き方を貫こうとしただけじゃあねえか。旅は修行だ。楽しい修行だ。思うように歩きゃあいいんだよ」

そう言って叱りつけるであろう。

そう思うと、無性に父が恋しくなり、その足跡を確かめたくなってきた。

「小兵衛、京で別れるとしよう。その前に、お前が覚えている限りの思い出を聞かしてくんな。おれはそれを胸に抱いて、大坂へ行ってみるよ」

竜蔵は、日が傾く西の空を眺めながら、何度も頷いてみせたのである。

第四話　蔵王堂

一

冬の夜船は身に沁《し》み入るような寒さであるが、明ければ大坂に着くとなると、何やら心が浮き立ってくる。

峡小兵衛と京で別れた峡竜蔵は、伏見《ふしみ》の湊《みなと》から三十石船に乗り、淀川《よどがわ》を下っていた。

ぼんやりと川辺に浮かぶ人家の灯《あかり》を眺めていると、弾む想《おも》いを哀切が包み込む。

ひたすら続く田舎道《いなかみち》の寂しさとは違うものを、繁華な地で覚える。

それもまた旅の味わいなのであろう。

船上での徒然《つれづれ》が、小兵衛と交わした言葉のひとつひとつを思い出させてくれた。

京で一夜を過ごした後。小兵衛は、哀れな仙太を岩倉《いわくら》の知り人のところへと連れていった。

その知り人は、かつて小兵衛が喧嘩《けんか》の仲裁をした俠客《きょうかく》で、山男達の束ねをしている好男子らしい。

草津の河瀬屋伝兵衛は、竜蔵との手打ちの後、心を入れ替えて仙太を預かると言ったが、それはそれで仙太のことが、伝兵衛の負担になってもいけない。

伝兵衛とて、歪《ゆが》んではいたものの、仙太の亡母・お絹への思い入れもある。そこに仙太はいない方がよいし、小兵衛にとっても安心なのだ。

たった二日ほどの間に、仙太はすっかり元気になり、希望に充《み》ちた若者の目の輝きを得ていた。

さらに数日をかけて、小兵衛は亡きお絹への恩義に報いんと、仙太の身が立つようにしてやるのであろう。

そうして、再会を約して別れるまで、彼は竜蔵の亡父・虎蔵と過ごしたひと時の思い出を、竜蔵に余さず語ったのである。

旅の中で虎蔵がまき起こした騒動、剣術道場に立ち寄り彼が演武してみせた型、門人達を相手にした立合《たちあい》。

それらを、小兵衛は宝物のように頭の中に収めていた。

もっとも、竜蔵にはどの話も、虎蔵の様子が手に取るようにわかるし、予想出来たものであったのだが、

「人に構ってもらったことのないわたしには、あの先生は権現様《ごんげん》のようなお方でした」

権現とは、神が仮の姿となって現われる意である。

竜蔵にとっては、面倒で薄情な〝くそ親父《おやじ》〟であった虎蔵を、そんな風に称《たた》える小兵衛の姿は、面映《おもは》ゆくもあり、ありがたく映った。

そして何よりも、虎蔵が旅の中で幾度となく竜蔵の話を持ち出していることが、胸を締めつけた。

一年足らずとはいえ、虎蔵が小兵衛を連れて旅をしたのは、当時の小兵衛の年恰好《としかっこう》が、藤川弥司郎右衛門の内弟子となった時の竜蔵と同じであったからではなかったのか。

竜蔵が藤川道場へ入ったのは、虎蔵が母・志津と夫婦別れをするに当って、まだ幼ない彼がとったひとつの手段であった。

父と母どちらにも付かず、藤川弥司郎右衛門の許《もと》に行けば、剣術が学べる上に、父、母とも繋《つな》がっていられると思ったからだ。

弥司郎右衛門は、虎蔵の師であり、志津の父・中原大樹と親交が深かった。

今でも十歳の自分が、そんな術《すべ》を思いついたことは不思議でしかたがないが、虎蔵は志津と共に、そこへ息子を追いやった自分に忸怩《じくじ》たるものがあったのかもしれない。もっとかわいがってやればよかった年代を離れて暮らしたので、その頃《ころ》、竜蔵がどのような想いをしていたのか、小兵衛を身近に見ることで、わかろうとしたような気がする。

虎蔵は、小兵衛を柳生の里の剣術道場に預けた後、大坂へ出て客死するのであるから、人生最後のひと時に、日々竜蔵を思っていたのであろう。

そんなことを考えると、今度の旅で大坂を目指さんとしたのも、初めは面倒がって、一旦《いったん》はまこうとした小兵衛との出会いも、真《まこと》に幸運であった。

旧友の眞壁清十郎、妹分のお才と会うだけではなく、父・虎蔵の最期に触れられるというものだ。

虎蔵が大坂で客死したと聞かされた時。竜蔵は、父の死だけを受け止めて、その時の様子に想いを馳《は》せようとしなかった。

ただ盛り場で暴れ、遠く過ぎ去ったことだと、自分自身に思い込ませようとした。

放埒《ほうらつ》が収まると、それからは剣術と喧嘩に身を置き、

——もう戻ってこねえ男のことを思っていたとて、どうしようもねえや。

誰《だれ》がどのようにして、虎蔵の遺骨や遺品を江戸に戻してくれたのかもよく知らぬま

ま、今まで過ごしてきた。

だが、強烈な剣技の冴《さ》えと、型破りな生き方を貫いた峡虎蔵の幻影は、竜蔵の心身から離れることはなかった。

そして、その幻影に取り憑《つ》かれてしまえば、自分もまたおかしくなってしまうのではないかという恐ろしさがあった。

竜蔵にとって虎蔵は、死して尚《なお》、畏怖《いふ》すべき存在であったのだ。

それゆえに、虎蔵の死については触れずにいた。

とはいえ、歳《とし》を重ねるにつれて、虎蔵がとった行動の意味がわかるようになり、父が恋しくもなった。

母・志津と共に、墓参もきっちりとするようにもなった。

それでも大坂へ行って、父の死までの足跡を辿《たど》ろうなどという気にはなれなかった。

父に似て、次第に旅好きになったとて、遠く大坂まで旅をして、江戸を留守にするのは憚《はばか》られたし、あれこれ知った時に受ける衝撃の重さを想像出来なかったからだ。

今は違う。

ほとぼりを冷ますという大義名分があり、佐原信濃守への土産話《みやげばなし》を仕入れに行く旅、そろそろ再会したとてよい昔馴染《むかしなじみ》を訪ねる旅に、満を持して出かけたのである。

齢《よわい》四十二。

もう、どんな事実を知ったとて動じまい。

息子として、父の死に様を確《しか》と知るための条件が、期せずして揃《そろ》ったのだ。

船は、枚方《ひらかた》を過ぎて快調に大坂に近付いていく。夜も白々と明けてきた。

思った以上に、竜蔵の胸は高鳴ってきた。

小兵衛がこんな話をしていたのを、ふと思い出したからだ。

「わたしは、実のところ、虎蔵先生は、どこかで生きておられるのではないかと思うているのです……」

大坂で河豚《ふぐ》にあたって死んだというが、虎蔵に近しい者は一人としてその場にいなかったのだ。

大坂の西町奉行所の役人が、直心影流にあって高名な剣客ということで、あれこれ世話をしてくれたというものの、

「江戸から、藤川先生の遣いの御仁が到着した時には、既に先生は荼毘《だび》に付され、骨になっていたわけですからね」

と、小兵衛は言うのだ。虎蔵の死を未《いま》だに受け入れられない小兵衛もまた、今まで一度も大坂へ足を踏み入れたことがないらしい。

「おいおい、そんならおれは、他人の骨が納められた墓に手を合わせていたわけかい」

竜蔵は、一笑に付したものだが、

――考えられなくもない。

と、同時に思いもした。

そういう悪戯《いたずら》は、虎蔵が得意とするところのものだ。自分は一旦死んだことにして、新たな剣の道を峡虎蔵の名を捨てた上で歩んでみたい。そんなことを考えたとて不思議ではない。

そうして、何十年も経《た》ってから、ひょいと竜蔵の前に現われて、虎蔵が死して後に編み出したという術を授けて姿を消す――。

――いやいや、まさかそれはあるまい。

師・藤川弥司郎右衛門を欺《あざむ》いてまで、己《おの》が酔狂を通すであろうか。

だが、新たな道を進む時は、師とのしがらみも断たねばならぬと考えたならば、死ぬことでそれを完遂させせんと思い至ったのかもしれない。

――ふふふ、馬鹿なことを……。

真剣に考えさせるのが、峡虎蔵の凄《すご》みでもある。

あれこれ物思うと、

――あの男には敵《かな》わぬ。

自ずとそんな言葉が口をつくのが癪《しゃく》に障る。

同じ男として、剣客として、今の自分なら最盛期の虎蔵と立合ったとて、ひけを取らぬ自信はある。だが、竜蔵は道場、門人、友人を多く抱えた分、虎蔵より身が重たくなっている。

道場を持たず、門人を持たず、何かというと身内の者や友人を置いて旅に出たのは、いつも身を軽くしておきたかった虎蔵の心の表われであったのだ。

今の竜蔵にはそれがわかる。そして、身が重たい分、互角に立合えたとて、人は虎蔵の剣ばかりを見つめるのであろう。

あの折、虎蔵の遺品を取りに行ってくれたのは誰であっただろうか。

赤石郡司兵衛であったか、森原太兵衛であったか――。

虎蔵の死に反発を覚えて、大坂へ行こうともしなかった十八歳の自分を、師の弥司郎右衛門は一言も叱《しか》らなかった。

そのやさしさを思うと、竜蔵の目に涙が浮かんだ。

頬《ほお》を濡《ぬ》らせば、寒風で凍てつく。

じっと空を見上げると、三十石船の船頭が歌う船歌が聞こえてきた。

〽やれ～　ねぶたかろけど　ねぶた目さませ

ここは大坂の八軒家《はちけんや》

やれさよいよい　よ～い

いよいよ目当ての大坂に着いたようだ。

二

横堀《よこぼり》川から道頓堀《どうとんぼり》へ。

無事に船は着いた。竜蔵はすぐに町を歩いた。

まだ早い朝であるが、町は活気に溢《あふ》れていた。

何といっても商都であり、芸能が華ざかりの大坂の大きな盛り場である。

橋に船、お城、芝居《しばい》に米相場……。

大坂の特長が、船で来てみればよくわかる。

建ち並ぶ芝居小屋の櫓《やぐら》を見上げながら、

「親父め、どこか田舎の旅先から大坂へとやってきて、ちょいと浮かれやがったな

……」

江戸の他に、これだけ賑《にぎ》やかな通りはそうもあるまい。

角《かど》の芝居と呼ばれる芝居小屋の裏手に、お才の住まいはある。

いきなり訪ねて驚かせるのもおもしろいが、竜蔵は大坂へ来るに先立ち、その由を文で伝えてあった。

迷うのではないかと案じられたが、すぐにわかった。

その通りを行くと、常磐津《ときわず》節の三味線《しゃみせん》の音色が聞こえてきた。

弾き語っているのはお才であろう。

少しばかり嗄《しゃが》れた声が懐かしい。

早くに稽古《けいこ》をつけているわけでもなかろうに、前後して、調子外れの男の声がする。

――こいつは懐かしいや。

かつて、信濃守からの密命を受け、真木某《まきなにがし》の名で、お才に弟子入りしていた武士がいた。

それこそが眞壁清十郎で、いかにも不似合な様子が頰笑《ほほえ》ましく、やがて知己となってからは、よくその話を持ち出してからかったものだ。

そろそろ竜蔵が着く頃なので、道頓堀に船が着く時分になると、我々はここにいるという、竜蔵に何よりもわかり易《やす》い合図を送っているのであろう。

余人と違い、峡竜蔵の五感は鋭敏である。その合図にすぐ気付くはずだと考えたのだ。

果して音の出どころはすぐにわかった。

小体《こてい》な仕舞屋《しもたや》に、格子戸《こうしど》、軒に〝さ〟印の行灯《あんどん》。

三田同朋町《どうぼうちょう》の住まい兼稽古場と、まったく同じ佇《たたず》まいである。

まだ三田へ来て間もない頃は、お才が回してくれた喧嘩の仲裁の内職がありがたかった。

何度も格子戸を潜《くぐ》り、馴《な》れた言葉を交わし合って、互いに一息ついたものだ。

――別れてから八年か。

真にあっという間であったが、竜蔵の身の回りは大きく変わっていた。とはいえ、変わったと思われるのは何よりも気恥ずかしい。

初めの言葉を探しつつ、ガラリと戸を開けると、

「お才、いるかい」

ごく自然に、口はそう動いていた。

三味線と調子外れの語る声が、ぴたりと止《や》んだ。

たたきの向こうに衝立《ついたて》があるのも以前のままである。そこから、二つの顔が覗《のぞ》く。

おお才と眞壁清十郎が、稽古をしていたのだ。

二人も言葉を探していたが、やはり八年前が昨日のように、

「竜殿か。いやいや、時折は師匠に習っているのだが、いっこうに上手にならぬ」

細面の顔をしかめてみせる清十郎と、

「竜さん、そろそろ来る頃だと思っていましたよ」

下ぶくれのふっくらとした顔を綻《ほころ》ばせるお才であった。

「何でえ何でえ、二人で常磐津の稽古とは結構だねえ。こっちは色々あって疲れちまったぜ……」

溜息《ためいき》交じりに竜蔵が悪態をつけば、もう以前の三人に戻っていた。

それからは、お才の家で酒盛りが始まった。

お才の常磐津の弟子である料理屋の主人が、あれこれと肴《さかな》を運んでくれた。

押鮨《おしずし》や鴨《かも》の旨煮《うまに》、鯛《たい》の〝つくりみ〟など、どれもが美味《うま》かった。

伏見や灘《なだ》が近いだけに酒も好《よ》い。

「上方の料理は、味が頼りねえと思っていたが、いやいや、これでしっかりと味が付いていらあ。それでいてあっさりしているから箸《はし》が止まらねえや」

竜蔵は、こんな物を食べていれば、江戸に戻りたくもなかろうと、感心したように言って舌鼓を打った。

「竜さん、ここにはあんこうはないんだけど、鍋《なべ》は鯛にしたよ」

おオは、鍋料理が好きな竜蔵のために、豆腐や青葱《あおねぎ》などを薄めの出汁《だし》に放《ほう》り込み、鯛の切身をふんだんに入れてくれた。

江戸では大礼《たいれい》の時以外はあまり使うことのない鯛も、大坂では日頃からよく使われるらしい。

「こいつはますます好いところだねえ」

竜蔵は上機嫌となった。

食べるうちに、飲むうちに、お才と清十郎のその後の様子も、すっと耳に入ってきた。

時の大目付・佐原信濃守の庶子であること。売り出し中の剣客・峡竜蔵の妹分として暮らしてきたものの、いつしか生まれた恋心。

そんなものを一切振り払わんとして、芸どころである大坂へやって来たお才であったが、

「江戸前の粋《いき》なお師匠さん」

は、大坂ですぐに受け入れられ、弟子も集まった。

もう年増女《としまおんな》で、さばさばとした気性のお才である。そこは色気抜きで、江戸ものの口調など、お才独特の芸に魅せられる者も多く、常磐津の師匠としては順風満帆といったところらしい。

それには眞壁清十郎の、陰からの支えも大きく影響したと見える。

一介の浪人から自分を引き上げてくれた信濃守への忠義、密《ひそ》かに胸に抱いたお才への憧憬《しょうけい》が相俟《あいま》って、清十郎は佐原家を一旦致仕して、お才を見守るために大坂へとやって来た。

お才が道頓堀角の芝居近くに稽古場を構えることは、江戸にいる頃から察知していた。

しかし、いきなり自分が大坂へ現われたと知っても気にするであろうから、彼はまず少し離れた生玉《いくたま》の寺町に浪宅を構えて、そっと様子を見守った。

そして、その後に道頓堀の宗右衛門町《そうえもんちょう》に寺子屋を開いた。

ここならお才の稽古場とは目と鼻の先で、何かあれば馳せ参じることが出来る。

思いの外、大坂者は江戸の者をすんなりと受け入れるようだ。

「やっぱり江戸のお武家様は、何やしらん律々《りり》しおますなあ」

「そうでんなあ。お顔立ちも涼しげで、大坂の口跡が交じるお人と違《ちご》うて、話し口調もお武家さんらしいてよろしおます」

上方には、蔵侍、寺侍、公家侍《くげ》など、あまり勇ましいともいえない武士が多い。眞壁清十郎の、誠実で武骨さを醸す人となりは、寺子屋の師匠としては大いに歓迎されたようだ。

そのうちに、お才も清十郎の存在に気付くようになる。

お才とて小娘ではないのだ。清十郎が自分を気遣い、旅の間もそっと見守ってくれていたのだと察し、心を打たれた。

――誰が清さんを煩《わずら》わしく思うものですか……。

とはいえ、重々しくその厚意に謝するのも芸がない。

ある日、手習い子達の輪に加わって、

「先生、あたしにも読み書きを教えておくんなさいまし」

と、ほがらかに声をかけたそうな。

話を聞いて竜蔵は大いに笑って、

「それで清さん、お前は何と応《こた》えたんだい？」

先ほどから、いかにも清十郎らしく、竜蔵とお才のやり取りをにこにことして聞き

ながら静かに酒を酌み交わしていた彼は、恥ずかしそうに、

「これはお才殿か。はて珍しき対面じゃなあ……」

「ははは、ぎこちないのはご愛敬《あいきよう》だな。うむ、それでよし！」

竜蔵は大喜びした。

清十郎が江戸を発《た》つに当って、竜蔵は友に、もしばったりお才に会ってしまったら、空惚《そらとぼ》けて、芝居がかってこのように言うよう耳打ちしていたのだ。

「うむ、よく言ったぞ」

お才の洒落《しやれ》には洒落で応える。それでもう互いの面倒な挨拶《あいさつ》ごとなど無用になろう。

「あたしは大笑いしましたよう。どうせ、竜さんの入れ智恵《ぢえ》だと思ってねえ」

その時のことを思い出しておお才はカラカラと笑った。

二人は大坂での対面以来、寺子屋と常磐津の師匠として距離を取りつつ、そっと助け合って暮らしてきたようだ。

清十郎も、生玉の浪宅を払って、寺子屋に移り住んだ。

子供達にとってはよき師匠であり、町内での揉《も》めごとや、ちょっとした喧嘩沙汰《ざた》には、労を惜しまず出ていって、誠実と腕っ節で丸く収めた。

そうするうちに、町の者達はますます清十郎を頼るようになった。それにつれて、

おオもその恩恵を被り、弟子も増えて、何かというと旦那衆《だんな》の席から声がかかるようになったのである。

「そうかい、そうかい、おれもいっそこの近くに越してきて、物好き相手に剣術を教えてみるかねえ」

竜蔵は、しみじみと言った。

この八年の間。三人それぞれに激動があったようだ。

しかし、お才と清十郎の話を聞いていると、一度振り出しに戻ってからゆったりと駒《こま》を進めていく、少しうきうきとした楽しさが二人にはある。

主君への忠義と、一人の女へのほのかな恋情。これをまっとうするために生きる清十郎の清々《すがすが》しさは、竜蔵には真に眩《まぶ》しい。

「何を言っているんですよう。竜さんには、江戸に立派な道場もあるし、剣術の師範として、江戸で成し遂げなきゃあならないことが、まだたんとあるじゃあありませんか」

しかしそれに対して、お才は窘《たしな》めるように言うし、

「芝での大暴れも、そのうちにほとぼりが冷めよう。まだまだこれからだよ」

清十郎も続ける。

竜蔵には、二人の応えはわかっていたが、自分一人が違う世界にいるようで、何とも寂しかった。

——いや、そんなことを思っちゃあいけなかった。

そしてすぐに自問した。

自分の妹分だと言って引き廻《まわ》してきた頃が長かったが、それがお才の女盛りを随分とふいにしたのではなかったか。

お才にはこの大坂で、芸でそれなりの功を遂げ、誠実一途《いちず》な眞壁清十郎と、女としての幸せを摑《つか》んでもらいたい。

そのためには、いつも身を退《ひ》いたところで二人を見守るのが竜蔵の務めではないか。

そもそもこの寂しさは、自分が引き起こしたことだといえよう。

そう考えると、二人の仲が気になる。

竜蔵は、清十郎の目を盗んで、

「おい、お才、お前、清さんとの仲はどんな塩梅《あんばい》なんだよ」

冷やかすように訊《き》いてみた。

「奴《やつ》はうぶな男なんだ。そこんところはわかってやらねえとな」

「ふふふ、竜さん、気にかけてくれているのかい?」

「当り前だろ。お前はおれの妹分だが、ちょいと惚《ほ》れた女だ」

「ちょいとかい？」

「面倒くせえなあ。思い切り惚れた女だ」

「うん、それでよし」

「だから、お前に寄りつく男は容赦しねえが、清十郎だけは別だ。どうなんだよう」

「さあね……。そいつはまだまだ言えないね、竜さんにはさ」

おオは、悪戯っぽく笑うと、

「でもねえ、お蔭《かげ》であたしは幸せさ。清さんがいてくれるからさ」

何度も頷《うなず》きながら言った。

三

その夜、峡竜蔵は眞壁清十郎の浪宅に泊まった。

「ここがあれば、おれはいつだって大坂に来られる……」

寺子屋を開いているだけあって、その浪宅は二階建ての仕舞屋で、下に二間続きの広間があり、上にも、六畳、四畳半の二間があった。

二人はすぐには休まずに、下の広間にぽつんと向かい合って、さらに酒を酌み交わした。

竜蔵は、この場ではお才とのことについては何も問わなかった。

清十郎の誠実さと、生真面目《きまじめ》さは今も変わっていない。不用意に色めいたことを言うと、それに反発して、お才への想いに歯止めがかかってしまうかもしれないからだ。

お才は惚《とぼ》けていたが、清十郎への深い想いを抱いているのはわかる。二人で夢に落ちた夜も、あったのかもしれない。じれったくとも、それが清十郎の恋ならば、好きなように実らせればよいのだ。

そんなことよりも、竜蔵が気にかかるのは大坂に来たもう一つの目的である。

今まで目をそむけてきた、父・虎蔵の死の真相を、自分の目と耳で確かめてみたいという、旅の道中で生まれた強い欲求であった。

虎蔵の足跡を調べるにしても、土地不案内の竜蔵には難しい。今では、この辺りでは名士ともいえる清十郎の助けを借りたいところであった。

お才の家では、この八年間の思い出を語るのに時を忘れ、この道中での話は詳しく出来なかった。

江戸にいた頃から、清十郎には亡父の話を時折していた。それゆえ、旅で出会った峡小兵衛との経緯《いきさつ》を改めて話すと、

「なるほど、それはやはり何かの縁だな……」

清十郎は深く感じ入った。

「おれは、父親とは竜殿よりもっと早くに死に別れているから、羨《うらや》ましいよ」

「人というものは、どうして生きているうちに、しっかりと大事な相手に向き合えぬのだろうな。いつも誰かに死なれては嘆《なげ》いている」

「そう考えると、今日は竜殿とこうして会えて何よりだったよ」

「まったくだ。芝で喧嘩をしていなかったら、今頃はどうしていたことやら」

二人は、つくづくと語り合ったものだが、

「竜殿に頼りにされるのは真に嬉《うれ》しいのだが、御父上がふぐを食べたという料理屋は、既に消えてしまっているようだ」

やがて彼は意外なことを言った。

「清さん。まさか、もう調べてくれていたのかい」

竜蔵が目を丸くすると、

「勝手な真似《まね》をしてすまぬ。何といっても、同じ道頓堀ゆえにな……」

清十郎は、首を竦《すく》めてみせた。

峡虎蔵が、河豚を食べて死んだのは、道頓堀大西《おおにし》芝居の向かいにある〝松乃《まつの》や〟という料理屋であった。

おぼろげにそれだけは聞き覚えていた竜蔵は、店の名を清十郎に告げていたらしい。

「清さんにそんな話をしたことを、すっかり忘れていたよ」

「だが、おれは覚えていたよ。何といっても、無二の友の父上の話だからな」

「ありがてえ……」

清十郎は、大坂に来て少し落ち着くと、すぐに〝松乃や〟を探したのだがどこにも見当らなかった。

そのうちに、町にも馴染《なじ》み、知り人も増えてくると、店のことについて訊《たず》ねてみた。

もしや、河豚毒で客が死んだことでお咎《とが》めを受けたのではなかったかと思ったのだ。

それが当然と思う者もいるだろうが、峡虎蔵は初めから危ないと承知で食べたはずで、

「死んでも、責めは負うと、一筆認《したた》めておこうじゃあねえか」

それくらいの気持ちでいたのであろう。

自分のせいで店にお咎めがあったとすれば、さぞあの世で残念がっているに違いない。

しかし〝松乃や〟を覚えている者の中で、峡虎蔵らしき武士が、毒に当って死んだ

という記憶を持つ者はいなかった。そして、

「あの店は、火事で焼けてしまいましたんや」

と、わかったのだ。

その後、〝松乃や〟の主人は、それをきっかけに店をたたんでしまったという。

いずれにせよ、人が死んでしまったのである。続けていく気にもなれなかったのかもしれない。

主人は喜六《きろく》という男で、腕の好い料理人であり、ちょっとした侠客でもあったらしい。

清十郎は、捜し出して訪ねてみようかとも思ったが、それも出過ぎたことであるし、喜六はなかなかに気の荒い男で、昔の話を持ち出して、揉めごとになってもいけない。

竜蔵とて、その辺りのことは既に把握していて、色々理由があって動いていないのなら余計な真似は控えるべきだ。

「それでそのままにしてあるのだが、明日にでも調べてみるかい？」

「そうかい。すまなかったな……」

竜蔵は涙ぐんでいた。四十を過ぎてからは特に涙の栓がゆるくなった。しかも、人前で泣くことへの羞恥《しゅうち》が薄れているから性質《たち》が悪いのだ。

「お前は本当に、よくできた男だなあ……」

決して出しゃばらず、余計だと思えば、相手に伝えぬ、打ち明けぬ忍耐を備えている。

「何の、これは人それぞれの性分というものさ」

清十郎は照れ笑いを浮かべるが、この男をお才の番人にだけ止《とど》めておくのはいかにも惜しく思えてきた。

――江戸へ帰った時は、佐原の殿様に、このことを相談しよう。

清十郎とは違って、既に余計な、出しゃばったことを考えている竜蔵であるが、

――これは、おれの性分なのだから仕方があるまい。

想いは方々へ飛んでしまう竜蔵に、

「喜六という主人は、大江《おおえ》橋の袂《たもと》で茶屋の主《あるじ》となって暮らしているそうだ。もっともまだ訪ねてみたことはないが」

清十郎は静かに告げた。

「それだけわかっていれば十分だよ。明日、方々当って訪ねてみるよ」

「供をしようか」

「そんなことをしたら、寺子屋を閉めねえといけなくなるだろう。こんなものはおれ

一人で十分だよ」

頷きつつ、遠く離れた大坂に、八年ぶりに会ったとて気遣いのいらぬ友がいる事実に、竜蔵はえも言われぬ安堵《あんど》を覚えていたのである。

四

川には船が、道には人と荷車が溢れていた。

大江橋は、堂島《どうじま》の米市場の発展によって架けられたもので、豪商・淀屋《よどや》が設けた淀屋橋の北側に位置する。

橋の下には堂島川が流れ、橋から辺りを見廻すと、川辺に建ち並ぶ各大名家の蔵屋敷が目にとび込んできて、真に壮観である。

――賑やかなところだと聞いていたが、こいつは大したもんだ。

大都江戸で生まれ育った峡竜蔵も、これには目を丸くした。

天下の台所と言われるくらいであるから、大量の荷が出入りして、そこには当然荒くれ達も行き来している。

しかし、江戸とは違って、この荒くれ達はどこか剽《ひょう》げていて、荒々しさとほのぼのとしたおかしみが不思議に同居している。

竜蔵にも通ずるところがあるが、峡虎蔵はまったくそういう意味では江戸の連中とは違って、喧嘩口上がおもしろく、がなる言葉にもおかしみがあり、初めから喧嘩にならないところがあった。

それゆえ、大坂の地を亡父は大いに好んだのかもしれない。

江戸へ戻ってくる度に、虎蔵がどこに行っていたのかなどといちいち訊いたこともなかったが、思いの外、大坂には足繁く行っていたのかもしれない。そんな想いが湧《わ》いてきた。

眞壁清十郎の浪宅を朝早く出て、一人で大江橋に出た竜蔵であった。

お才も清十郎も、弟子や手習い子を放っておいて、竜蔵の相手をするつもりであったただけに、

「相変わらず、竜さんは忙しい男だねえ」

「大坂には〝いらち〟が多いゆえ、なかなかに水が合うかもしれぬな」

二人は苦笑いを浮かべていた。

そこは何事にも気の廻る清十郎である。一人で尋ね歩くという竜蔵に、大江橋までの簡単な地図を描《か》いて手渡してくれた。

「こんな物がありゃあ、もう、目を瞑《つぶ》っていても辿りつけるぜ」

竜蔵は喜んで出かけたのだが、地図があると思うと、かえってわかったような気になって、迷うのではないかと清十郎は案じた。そしてその心配は的を射ていた。

まず竜蔵は、淀屋橋を大江橋と思い込んで、喜六の茶屋を尋ね歩いた。その次は肥後《ひご》橋で間違え、今度こそはと大江橋に辿り着いたのだが、北詰であったか南詰であったかが定かではなく、方々で尋ねて、やっと南詰の東側の川辺を少し行ったところだとわかった。

その間も、人や荷車に呑《の》まれなかなか前に進めず、橋の上に立つと物珍しい景色に見入ってしまい、喜六の茶屋らしき家屋が見えてきた時は、もう昼も過ぎてしまっていた。

そこは居付の茶屋で、寺社の門前にある、美人の茶立女が茶を運ぶような気の利いたところではなく、人足や職人達が束《つか》の間《ま》の休息に、茶や甘い物をとりに来る店であった。

広い土間には雑然と裸床几《しょうぎ》が並べられ、その外にもはみ出しているという様子で、そこから川辺はすぐ近くだ。

茶を運んでいるのは若い男衆と老人、随分ととうが立った女中達で、酒も置いてあり、頼めば握り飯なども拵《こしら》えてくれるようだ。

「こいつはなかなか好い店じゃあねえか……」

竜蔵は一目見て気に入った。荒くれが集う居酒屋が茶屋に変わった風情《ふぜい》で、そこが酒場でない分、殺気立っていないのがよい。

「ちょいとすまねえな」

竜蔵は、片手拝みをしながら、床几の端に腰かけると、注文を取りにきた老爺《ろうや》に、

「茶を一杯おくれ。それと、ここの亭主を呼んでくれぬか」

と、にこやかに頼んだところ、

「おいおい、そこの旦那。何やしらん、さいぜんから人を尋ね歩いているみたいやが、これはいったいどういうわけや」

横手から、詰《なじ》るような声がかかった。

見れば、船人足風の威勢の好い男が五、六人いて、竜蔵を睨《にら》むように見つめている。

「尋ね歩いている？　そうか、もう噂《うわさ》になっていたのかい。まったく面目ねえや。おれは見ての通り、江戸者でな。土地が不案内で、間違えて方々の橋の袂を尋ね廻っていたというわけだ」

竜蔵は頭を掻《か》いた。思えば、

「喜六という茶屋の亭主を知らぬか？」

と、大きな声で訊ねるところを方々で見られたのかもしれぬ。

「ちょいとここの亭主に話があってな」

「どんな話です？」

「もう随分と前の話だが、道頓堀の〝松乃や〟でのことを聞きたいのだ」

「〝松乃や〟？」

がたいの好い兄貴格の一人が前に進み出て、

「そんな話を今頃何で聞きたいんや……」

と、声に凄みをきかせた。

大坂にも気の荒い、喧嘩腰の男もいるものかと、竜蔵は少しばかりおもしろくなってきた。

この連中は、喜六の馴染で、喜六の居どころを訊いて廻っている浪人者を怪しんだのであろう。

料理屋の主人にして俠客であったというから、彼を慕う者も多いのに違いない。

そう考えると、喜六はちょっとした男伊達《おとこだて》なのだろう。ますます会うのが楽しみになってくる。

「お前達《めえ》は、おれが昔のことで、何か因縁《いんねん》を付けに来たと思っているようだが、そうではない。どうしても聞いておきたいことがあって、わざわざ江戸から来たってわけだ」

爽《さわ》やかに応えると、店の老爺が、

「さようでおますか。そやけど生憎《あいにく》、うちの旦さんは、朝から出かけていて、おりまへんので……」

若い衆を、目で窘めながら穏やかに言った。

「そのうち帰ってくるかい？」

「へえ、まあ、それは……」

「そんなら、待たせてもらうよ」

竜蔵は、老爺を労《いたわ》るように言ったのだが、

「その、〝聞いておきたいこと〟が気になるがな」

「お侍、それはいったい何のことや？」

男達は、相変わらず喧嘩腰で言ってくる。

そっちが喧嘩腰でくるなら、こっちも喧嘩腰で返すのが竜蔵の流儀だ。

四十二になったとはいえ、どんな時でもにこにこしながら、怒らずに〝そうかそうか〟と応えられるほど、立派な男にはなれないのが竜蔵なのだ。

「お前らに断りを入れねえと、喜六には会えねえのが、ここの掟《おきて》なのかい？」

竜蔵も、声に力を込めた。

その迫力は、たちまち男達に伝わった。

この浪人者はただ者ではない——。

男達は気圧《けお》された。しかし、ただ者でないのなら余計に気になるし、このまま引き下がるのは業腹だ。

そういう成り行きがわからぬはずがないものを、竜蔵は言葉を尽くすのが、すぐに面倒になるのだ。

「人には言えぬような話を、喜六の旦那にしに来たんやったら、帰った方が身のためやと言うてるのじゃわい」

その喧嘩口上を聞いて、竜蔵の体に雷が走った。公儀武芸修練所の師範の声がかかるまでになり、控えに控えていた喧嘩が、幼馴染の助七との再会によって、また復活した。

芝の大喧嘩への助っ人で世間を狭くしたものの、今は亡父・虎蔵を偲《しの》ぶ旅なのだ。

父への手向《たむ》けに、まず大坂で一暴れしておこうか——。

「何だ、おれの身のためだと？　身のためとはどういうことだ？　お前らがおれを叩《たた》き伏せる前に、さっさとここを出ていけってことかい？」

竜蔵もまた挑発する。

「まあ、そういうことやな……」

兄貴格に、周りの男達が寄り集まってきた。

威嚇《いかく》するつもりだろうが、そんなことをすれば、ますます竜蔵の胸が高鳴るのを、この連中は知らなかった。

「そうかい。お前らにことをわけて話したって無駄だってことがわかったぜ」

「わかったのなら、とっとと去《い》なんかい！」

「いや、お前らがおれを叩き伏せる前に、おれはお前らを追い払う……」

竜蔵は、止めようとして声が出ない老爺を尻目《しりめ》に、ずかずかと男達に寄っていった。

連中は恐怖を覚えたか、それを打ち消さんとするように、

「おのれ、くそ浪人が！」

「あほんだら！」

一斉に殴りかかってきた。

その後は言うまでもあるまい。先頭は腹を蹴《け》り上げられ、そのまま後ろの一人とぶつかって倒れる。

竜蔵の姿は天狗《てんぐ》の舞のごとく右へ。そこにいた一人の顔面に鉄拳《てつけん》を見舞い、そのまま左からかかってきた一人を宙に飛ばす……。

まだまだ腕は鈍《なま》っていなかった。喧嘩の仲裁をしていた頃。両者が言うことを聞かず、ぶつかり合った時。竜蔵はその両者を一人で次々に薙《な》ぎ倒して、力尽くで止めた日も何度かあった。

そして、喧嘩の腕の上達として、相手をほどよく痛めつける術を知った。

周りにいた者達は呆気《あっけ》にとられた。

余りの強さと暴れっぷりに感じ入って、関係のない者達まで、竜蔵にかかっていって自分から地面に倒れ込んだ。

こういうところが、何とも頬笑ましくて、

「まず、喧嘩はこの辺にしておこう。この続きは、おれの話を黙って聞くことだ。よろしく頼むぜ」

片手拝みをしてみせる竜蔵であったが、そこへ戻ってきた一人の老人が、竜蔵の姿に見惚れて、

「峡の旦さん……。峡の旦さんや！」

大きな声で叫んだ。

「はて……」

竜蔵が、目を丸くすると、老人の横には、眞壁清十郎が寄り添っていた。

「清さん……？　てことは、この人かい？」

清十郎は、相変わらずの竜蔵の暴れっぷりに失笑しつつ、大きく頷いた。

「初めから清さんに頼めばよかったんだな……」

竜蔵は、恥ずかしそうに笑いながら、その老人に、

「倅《せがれ》の竜蔵でござる……」

しかつめらしく名乗った。

「喜六でござります……。いやいや、虎蔵旦那にそっくりでおますなあ」

果して老人は喜六であった。小柄で赤ら顔の風貌《ふうぼう》は、どこか浜の清兵衛を思い出させる。

彼は何度も頷き、感じ入りつつ、目を丸くして、成り行きを見つめる荒くれ達に、

「お前らも慌てもんやなあ。このお方はほんまもんや、かかっていってどないするねん」

と、叱りつけた。

荒くれ達も状況が呑み込めたようで、

「こ、これはご無礼いたしました……」

「すんまへんでした……」

「堪忍しとくなはれ……」

と、口々に言って畏《おそ》れ入った。

「いやいや、おれは峡竜蔵ってもんだが、これを縁に、よろしく頼むぜ」

竜蔵は、がき大将の笑顔を見せると、片手拝みをしてみせた。

ふと見ると、喜六の目には溢れんばかりに涙が浮かんでいた。

五

そこからはまたしても手打ちの宴となった。

茶屋の奥には、こざっぱりとした広間があり、日頃から何かというと宴を開いているのであろう。店の板場からは次々と、干物やら野菜の炊き合わせなどが出てきた。

喜六は、泣いたり笑ったりが忙しい男で、

「ほんまにすんまへんでした。大坂にも慌てもんは仰山《ぎようさん》おりましてなあ。もう、この男なんぞは、忘れ物ばっかりして、そのうち己がどこへ行くか忘れてしまう始末でおます。もうちょっと考えてから、人の話を聞いてから動けと、言うてまんねんけど、さっぱりあきまへんわ……」

泣きながら謝り、笑いながら男達を窘めるという具合であった。

男達は皆、肉親の情に恵まれずぐれていたのを、喜六によって拾い上げられ、職についたという過去を持つ者ばかりで、喜六の話を神妙に聞きながら、

「そやけど、三度の飯と、酒飲むことだけは忘れまへんねんなあ……」

などと軽妙に返す。

その物言いが何ともおもしろくて、竜蔵は豪快に笑った。竜蔵が笑うと嬉しくなるのか、男達は次々と己が失敗談を持ち出して、竜蔵はその度に腹を抱えた。

「これ、あほなこと言うてるのやないがな。先生、お父上様のことは、ほんまに面目ございまへん。今さら何をぬかしてるねんというところでおますけれど、虎蔵先生は、おれが死んだとて、お前は誰にも詫《わ》びるんじゃあねえぞ、と強く仰《おつしや》いましてね。それに、わしみたいなもんが、江戸へお詫びに行ったとて、顔も見たないやろと思いまして……」

ひとしきり座が盛り上がったところで、喜六は改めて頭を下げた。

眞壁清十郎は、終始にこやかに、そっと見守るように、チビリチビリとやっている。

「いや、親父のことで詫びねばならぬのはこっちの方だ。あの男のことだ。ふぐはち

ょいと舌がしびれるくれえがうまい、などと言って、脅しをかけるようにして、危ねえところを料理させたんだろう。とんだ迷惑をかけちまったよ」

竜蔵は、笑い顔を一変させて頭を下げた。

その様子に、荒くれ達は恐縮してしまって、

「疑《うたご》うてすんまへんでした。峡先生の縁《ゆかり》の者やと名乗る騙《かた》り者が、ふぐの一件で集《たか》りに来たことがあったと聞いておりましたので……」

そんな話をして、

「こら、いらんことを言いな！」

また喜六に叱られた。

「そうだったのかい……」

それゆえにこの荒くれ達は、恩ある喜六の危機と見て、竜蔵に向かってきたのだ。

「そいつはすまなかったな。初めから、この眞壁先生に手助けをしてもらっていたら、すんなりと喜六の親方に会えたんだ」

清十郎は苦笑した。何となく胸騒ぎがして、寺子屋を早々に切り上げて、町の会所を通じて喜六に繋ぎをとり、市場に出かけていた喜六を摑まえられたのだ。

正しく、任せておけばよかったのである。

「何を仰います。わしらが峡先生と喧嘩ができたのは、生涯の思い出だすわ」

お蔭で冥加《みょうが》を得たと、荒くれ達はいかつい顔を綻ばせた。

それからやっと、虎蔵の思い出話になった。

竜蔵が思った通り、虎蔵は大坂の町が気に入り、よく立ち寄っていたらしい。

喜六とは、彼が男気を見せて破落戸《ごろつき》とやり合っているところを、虎蔵が加勢してやったのが縁で知り合い、大いに意気投合した。

喜六は暴れ者の料理人で、人には好かれ〝松乃や〟を開くに至った。

虎蔵は店も料理も気に入って、大坂に来た時はここを常宿にしていた。

暴れ者ゆえに、喜六は数々の揉めごとを抱えたが、虎蔵が訪れる度に、それらは解決された。

そのうちに店の常連である、矢野要二郎《やのようじろう》という西町奉行所の廻り方同心とも親しくなり、時には出役の助っ人に出向いたりもしたという。

あの日、河豚を食べた時は、喜六と矢野が同席していた。

「わしも、矢野の旦那も止めたんでおます」

しかし、虎蔵は危ないと知りつつも、どうしても食べたくなったそうで、喜六は断り切れず、〝危ない身〟を出した。

矢野の同席の許に食べたのは、

「いざとなったら、この虎蔵が勝手に板場へ忍び込んで、危ねえところを食っちまった、そういうことにしてくれませんかねえ」

そうすれば、誰に迷惑もかかるまい、という意味があった。

迷惑がかからないとはよく言えたものだが、自分が毒味をするから、そこのところは許してもらいたいというのである。

「言い出したらきかねえ男だからねえ。苦労をかけたねえ」

竜蔵は様子が目に浮かぶと嘆息したが、

「とんでもない……。わしもふぐの肝《きも》を捌《さば》くなど、料理人として一度でもできたことは、身の宝でおます。先生は毒味と言わはりましたがわしも相伴いたしました」

「そんなことを……」

「それがまた、とろっと脂がのってええ味でおました。先生は、こんなうめえ物を食って死んだら本望だと仰いました。もうこの世に未練はないと……」

「くだらねえことを言いやがって」

「そやけど、本当にさっぱりとした顔をしてはりました。それで、そのままわしも先生も気を失《うしの》うてしまいましてな……」

気が付いたら、虎蔵は死んでしまった後で、その亡骸《なきがら》は矢野がうまく運び出し、すぐに荼毘に付されていたという。

「そいつは危なかったたねえ。親父のせいで、親方まで死なせちまうところだった……」

竜蔵は、喜六が死ななくて本当によかったと胸を撫《な》でおろした。

虎蔵との約束通り、矢野はこの一件を上手《うま》く揉み消してくれて、〝松乃や〟にはお咎めはなかった。

しかし、そういっても喜六の心は重たかった。虎蔵が、いくら自分が勝手にすることなので、たとえ死んでしまっても、

「あの男は、死ぬまで馬鹿を押し通した、おもしれえ奴だったと笑いとばしてくんな。もしもくよくよ悩んだりしたら、おれはあの世から化けて出て、この店に火を付けてやるからな」

そのように、きつく言われたとて、笑いとばせるはずがないではないか。

ところが、打ち沈んでいると本当に店で火事が起こった。

それがまた、全焼するほどでもないもらい火だったのが、いかにも虎蔵が火を付けたような気がしておかしかった。

こうなればよくよくよせずに、虎蔵の俠気を受け継ぐ男になり、嫌な思い出が残る料理屋は閉めてしまおう。

そのように思い立ち、喜六は大江橋の袂に、荒くれが集う茶屋を建てたのだと言う。

「そうかい。嫌な想いをさせちまったが、もしも今でも、親父のことで胸が痛むなら、倅のおれに免じて、きれいに忘れておくれ。それよりも、馬鹿で人の好い喧嘩名人の峡虎蔵を、時折思い出してやっておくれ」

竜蔵は、声を詰らせながら言った。

「へえ、承知いたしましてござります……」

喜六は、畏まるとしばしの間大泣きした。

そして泣きながら、あの日の虎蔵の様子を語った。

旅の中で、子供を拾って柳生の里に預けてきたこと。

その折に、新陰流の達人と剣術の極意を手にしたこと。

そして、小兵衛を連れて歩いたので、我が子・竜蔵が思い出され、あれこれ考えるに、もう倅は放っておいても己が力で剣の神髄を摑みとるであろう。そこに思いが至ったこと。

虎蔵は、日頃から陽気で明るい男であったが、その日はそれが甚《はなはだ》しく、随分とはしゃぎ、時に感じ入っていたらしい。

竜蔵は一通りの話を聞いて安堵した。

父・虎蔵は、心の底から、〝いつ死んだとてよい〟境地に達していたようだ。

むしろ、好き勝手に生きてきた自分の剣の極みをどこに定めるかを考えると、一番充実している今がよいと思い定めていたのではなかったのか。

小兵衛は、どこかで虎蔵は生きているのではないかと今でも思っている、そのように言っていた。

だが、老いさらばえる前に、いかにも虎蔵らしい最期を迎える法はないか、日々それを考えていたのに違いない。

――峡虎蔵は確かに死んだのだ。

竜蔵は確信したのであった。

万事うまく立廻ってくれた矢野要二郎は、先年亡くなったという。

江戸からやって来た藤川道場の使者にも、終始にこやかに接し、

「いやいや、どこまでも型破りな御仁でござった。宮仕えする者は、ふぐを食べることすら禁じられているが、何に縛られることもない、実に愉快で羨ましい豪傑《ごうけつ》の最期でござるよ」

ただそれだけを告げて、遺品を渡したそうな。

「おれのことが知りたいなら、いつか倅がそう思った時に、手前《てめえ》で訊きに来るさ」

毒に当って倒れた時、虎蔵はそう言い遺《のこ》したという。

矢野は、虎蔵への友情の証《あかし》として、淡々と仕事を進めたのであろう。

使者もまた、安易に語ることが出来ぬ事情を察し、余計なことは訊ねず、恭しく遺品を受け取り帰っていったのであった。

「その、藤川道場からの遣いは誰であったか覚えているかな?」

「へえ、森原という立派な先生でおました」

「そうか……。やはりそうであったか……」

竜蔵は、大きく息をついた。

妻・綾の亡父・森原太兵衛であった。

竜蔵にとっては、肉親に近い兄弟子であった。そして、死んで後に義父となった敬愛すべき剣客であった。

太兵衛が行ってくれたことすら記憶からとんでしまうほどに、竜蔵は父の死に取り乱し、その事実に背を向けていたのだといえる。

虎蔵の死後、太兵衛には世話になった。それなのに自分のために大坂にまで足を運んでくれて、父の形見の愛刀・藤原長綱《ふじわらながつな》を自分にもたらしてくれた事実を知ろうともせず、礼も言わなかった。

綾もよく知っていたはずなのに、太兵衛が虎蔵の死に際して大坂まで出向いたことの思い出は一切語っていない。

竜蔵は、今になってそれに気付いた。

自分自身は、妻子をまるで顧みず、乱暴で、何かというと騒ぎを起こす父親に反発していたが、心の底では父に畏敬《いけい》の念を抱き、いつも目標においていた。

そして、竜蔵に近しい者達はそれを見抜いていて、竜蔵を刺激せぬようにと、あえてそのような話は持ち出さなかったのだと思われたのだ。

「喜六の親方、いやいや、お前さんに会えてよかったよ。おれはこの先、二、三年に一度はきっと大坂に来るようにするから、親父に引き続いて、よろしく頼むよ。何があっても一緒にふぐを食おうなどとは言わねえからさ」

「何を仰いますねや。こちらの方こそ、よろしゅうお頼《たの》申します」

竜蔵と喜六は、それからしばらく、笑ったり泣いたりを繰り返しながら、峡虎蔵を偲んで盃《さかずき》のやり取りを続けたのであった。

六

その日は、やがて喜六の家に三味線片手にお才がやって来て、店の者から出入りの荒くれ達も交じえた宴《うたげ》が延々と続いた。

竜蔵はお才、清十郎と上機嫌で道頓堀に戻り、その道中に竜蔵は、

「話を聞けば、親父は柳生の里で己が剣を極めたらしい。ちょいと行って、それが何なのか確かめてくらあ」

と、二人に告げた。

「なに、きっとまた一旦大坂に帰ってくるから心配無用だよ」

「そのまま江戸に帰っちまうんじゃあないだろうね」

お才は訝《いぶか》しんだが、

「竜殿としては、行かずにはいられまいな」

清十郎は、静かに頷いてくれた。

翌日は、天満《てんま》の同心《どうしん》町へ出かけ、先年亡くなったという西町奉行所同心・矢野要二郎の組屋敷へと足を運んだ。

今は、立派に息子が同心職を継いでいて、要二郎の妻も亡くなっていたので、息子

の妻女が竜蔵を迎えてくれた。

竜蔵は昔の恩を語り、矢野要二郎の仏前に参り、すぐに屋敷を出た。

嫁は喜んでくれたが、虎蔵の存在についてはほとんど知らなかったので、気遣いの方が先に立ったようだ。

そして、さらにその翌日。

竜蔵は一時の別れを惜しんで大和路《やまとじ》へと旅発った。

大和街道から生駒《いこま》山を抜けて、大和へ出るのは容易《たやす》いが、冬ともなれば旅には困難がつきまとう。

しかし、修験者《しゅげんじゃ》になった心地で凍てつく大地を踏みしめて行くのも、新たなる力を身に浴びるようで悪くない。

剣客とは、常人と違うところに身心を置いてこそ、生死の境目に生きられるのだ。

大和には神社仏閣が多い。京とは違い、雄大で山を奥へ行けば行くほど、霊験が宇宙に通じているような気になる。

春日《かすが》大社へ立ち寄り、門前に宿をとり、早朝に参拝をすませ、柳生の里へ。

山城《やましろ》国との国境に続く山々の中に、その里はある。

将軍家指南役を務める剣客大名・柳生家代々の所領である。

といっても、当主は将軍付であるゆえに、ここにはいない。

静かで、山々に息付く神々の力を体内に呼び込む——。

それが叶《かな》うかのようなこの地に住まずして、新陰流を極められるのであろうか。

柳生街道を歩み行くと、そんな感慨に襲われる。

「山を崇《あが》めて、山に籠《こも》りゃあいいってもんじゃあねえんだよ。人がいるところに剣は生きるんだからよう」

父・虎蔵は、よくそんなことを剣士達に語っていたような気がする。それについては竜蔵も同感であった。

山にいれば天狗や仙人に会えるわけではない。人の多いところで、腕の立つ者と技を競うからこそ剣技は上達するのだ。

熊《くま》や猪《いのしし》相手に剣を揮《ふる》ったとて何になるというのだろう。

しかし、そう言いつつも峡虎蔵は時として柳生の里を訪ね、目に見えぬ力を吸収し、神秘の向こうにある剣をも追求していたのだ。

——そういうずるいところが、あの親父にはあるんだな。

ぐんぐんと剣が成長している間はよいが、必ずどこかで壁にぶつかる。そんな時は、山を駆け、木々の青を眺め、谷の水が流れる音を聞き、大きく息を吸い込む——。

それがひとつの妙薬であることにいつしか気付いた竜蔵である。

上村光右衛門というのはどういう人なのだろうか。

峡小兵衛の話では、柳生の里にいて、剣聖・上泉伊勢守《かみいずみいせのかみ》が、柳生新陰流の祖・石舟斎《せきしゅうさい》に、一国唯授一人の奥伝として与えたというこの流儀に日々触れていたい。そのような武士であるらしい。

親の代からの剣客浪人で、柳生の里でも、江戸でも剣を学び、柳生家から仕官の誘いもあったようだが、それも固辞し、柳生八坂《やさか》神社の門前に道場を構え、門人達と畑仕事をしつつ、剣技を鍛えている。宮仕えの身では修行もままならぬと思ったのだ。

そのような人物ゆえに、食い詰めて流れ歩き、この地に辿りついたような者を見かけると、畑仕事を手伝わせ剣術を教えてやった。

峡虎蔵もその一人で、ちょうど柳生の里を訪ねたところで路銀が尽き、畑仕事を手伝い、光右衛門に新陰流を学んだ。

とはいえ、虎蔵は既に直心影流において、押しも押されもせぬ剣士となっていた。

光右衛門は虎蔵と年恰好も同じで、虎蔵の剣技に瞠目《どうもく》して、彼もまた教えを乞《こ》うたという。

虎蔵は、直心影流の祖は松本備前守《まつもとびぜんのかみ》であり、上泉伊勢守、奥山休賀斎《おくやまきゅうがさい》に受け継がれてきた流儀だと学んでいた。

上泉伊勢守は、多くの剣客に影響を与え、柳生新陰流の祖・石舟斎に印可《いんか》を与えている。

つまり、直心影流と柳生新陰流は、過去において繋がっていることになり、虎蔵は予々《かねがね》、この神髄に触れてみたいと思っていた。

しかし、将軍のお膝元《ひざもと》である江戸において、将軍家の剣術指南を務める柳生新陰流を、確と習える機会は少なかった。

直心影流とて、江戸では有数の流儀となり、虎蔵が他流の門を潜るのはさすがに憚られた。

それゆえに、旅のさ中に柳生の里へ行くことを思いつき、光右衛門と出会い、互いに剣の知識、技を求め合う知己となったようだ。

虎蔵が小兵衛を光右衛門の道場に連れていったのには、このような一面があったらしい。

ここで畑仕事をしながら、文武を学ぶ。

その日の糧にありつけるなら何よりであるし、光右衛門は道場にいる者の出入りは自儘《じまま》にさせていた。

川の水のごとく流れていけばよい。特に若い者は――。

小兵衛も、ここならば自由にいつでも巣立っていける。虎蔵は小兵衛にそのように伝え、逗留《とうりゆう》している間は、光右衛門とあれこれ型稽古に時を忘れていたという。

虎蔵はその後、大坂へ発った。そして、新陰流の達人と剣術の極意を手にしたと語っていた。

その極意は、上村光右衛門と得たものに違いなかろう。

杉木立を抜け、八坂神社を窺《うかが》い見られる田舎道に出ると、藁《わら》屋根の趣のある百姓家があった。

裏手が畑になっているようで、若い男が数人、野良《のら》仕事についていた。

どうやらここが上村の道場のようだ。外の生垣から窺い見ると、数人の武士が型の稽古をしていた。いずれも柳生家の家士と思われる。

彼らは、実にゆったりと、ひとつひとつの動作を確かめるように木太刀を振っていた。

暮れゆく山間《やまあい》の雄大な風景の中で、その演武は実に深い味わいがあった。

勇んで振り回すのではなく、天地万物のひとつに身を置き、天の力によって自ずと身を動かしているような、一種壮厳な神事に見えてきた。

その中に一人の老剣士がいた。

七十になるやならずの老人であるが、立ち姿にいささかの隙《すき》もなく、挙措《きょそ》動作に毛筋ほどの無駄もない。

穏やかな面相には、利かぬ気が名残を止めていて、それが老師の愛敬をそこはかとなく漂わせている。

老師は、すぐに外から自分に向けられた、鋭い目の力を覚えたのであろう、開け放たれた戸の向こう、生垣越しに竜蔵の姿を認めた。

その途端、老師は口許《くちもと》を綻ばせ、庭へと出て、竜蔵をはっきりと見つめた。

「ついに来たか……」

そして彼は、うんッと頷きながら、しみじみと言った。

「はい、参りました……」

自ずと竜蔵の口から、そんな応《いら》えが出ていた。

互いの名乗りは無用であった。

その老師こそ、柳生新陰流の剣客・上村光右衛門であった。

七

「ちと、木太刀をとってみるかな」

光右衛門は開口一番そう言って、樫《かし》の木太刀を竜蔵に手渡した。

門人達は、いきなり現われた剣客に、何ごとかと目を見開いたが、竜蔵は光右衛門の言葉を、

「まず、そなたがいかな技をこれまで身につけたか、披露してくれ」

と捉《とら》えて、

「ええいッ！　やあッ！」

とばかりに、直心影流の法定に己が工夫を入れた型を、一人で演武してみせた。

恐るべき剣気を孕《はら》む竜蔵の術に、門人達は瞠目し、光右衛門はひとつ唸《うな》った。

稽古場の内には、たちまち凜《りん》とした気が張り詰めた。

「うむ、見事じゃ」

光右衛門は袋竹刀を手に、今度は自分の型を演武してみせた。

竜蔵は思わず見入ってしまった。

今まで見てきた、いかなる型とも違うものであった。恐らくこれは、新陰流にもな

いのではなかろうか。

脇構《わき》え、八双、上段、中段、下段から、舞うように技が繰り出される。

実にゆったりとしているのだが、決め技は目にも止まらぬ速さで虚空を斬《き》る。

竜蔵は、いつしか心の内で剣を抜いて、光右衛門の剣と対していた。

こうくれば、このように受ける。そして返して打つ、しからば相手はこう返すであろう……。

しかし、体から汗が湧き立つ。

この型が、連続で速く襲ってきたならば、相手はまず攻めきれず、受けきれぬであろう。

若き日の竜蔵ならば、

「何のこれしき。型と立合はまったく違うのだ」

と、うそぶいたであろう。

だが、達人というものは、牙《きば》も爪《つめ》も隠した上で、ゆったりと体を動かし、獲物《えもの》に襲いかかる猛獣の恐ろしさを秘めている。

一旦その攻撃を受けると、逃がれられないのだ。

竜蔵の型と光右衛門の型。

竜蔵の頭の中で立合えば、

――おれはまず斬られている。

それがわかるまでに、峡竜蔵の剣は高みに達している。

「お見それいたしました……」

負けを認めるのは悔しい。勝負は時の運なのだ。竜蔵はその想いを胸に、思い入れをしてみせた。

光右衛門は、竜蔵の心の動きをすべて捉えた上で、

「さすがは、峡虎蔵の息子じゃな。よう心得ておるわ」

ニヤリと笑ったものだ。

互いに型を披露することで、人となりをわかり合い、剣術の腕を認め合う――。

こうすると、後の話が早い。

竜蔵と光右衛門は、この日が初対面で、竜蔵がいきなり訪ねたのにもかかわらず、もう何年も前からの付合のように打解けあった。

「そんなに、親父殿に似ておりますか？」

竜蔵はいきなり柳生の里に来たのだが、当り前のように、自分が誰かを見破ったことが不思議でまず問うた。

「ははは、虎蔵殿が初めてわしを訪ねて来た時と、まるで同じ目をしていた……」

光右衛門は、会ってから一番の笑顔を浮かべると、

「上村光右衛門でござる。いつか会わねばならぬと思うていたが、思いもかけぬ来訪、真にありがたし」

改まって、威儀を正した。

それからは急激に陽《ひ》は暮れゆき、寒さが辺りを襲った。

光右衛門は、竜蔵が逗留するものだと疑わずに、弟子達に部屋を用意させ、どこかに走らせた。

弟子達は、近在の猟師から猪を仕入れに出たようで、しばらくすると、竜蔵は暖かいいろりのある一間に通され、猪鍋の馳走《ちそう》に与《あずか》った。

猪の身はよく締まり、味噌《みそ》仕立に山菜をふんだんに放り込んだ料理は、山ならではの豪快なもので、竜蔵は大いに舌鼓を打った。

「初めてお会いしたとは思われませぬ」

竜蔵は、つくづくと言った。

光右衛門は、会ってから一刻（約二時間）ほどしか経っていないというのに、長年の知己のごとく、言葉少なに、そして親しみを込めて竜蔵に接してくれたのである。

「うむ、考えてみれば、初めて会《お》うたのであったな。虎蔵殿が、久しぶりに訪ねて来たような心地がして、昔のままに迎えてしもうた。いやいや、許されよ」

「とんでもないことでござりまする。このような由緒ある地に、かくありがたく迎えてくださるところがあったとは、父・虎蔵が羨ましゅうてなりませぬ」

心も体も温まり、竜蔵はここを訪ねるに至るまでの経緯を、

「真に恥ずかしながら……」

と、余すことなく語った。

光右衛門は、いかにも虎蔵殿の息子らしいと膝を打って喜んだが、

「いや、何ごとも虎蔵殿を持ち出すのは、立派になられた竜蔵殿には無礼であった」

すぐに言い直すと、

「これは、虎蔵殿が、そなたを呼び寄せたとしか考えられぬような旅でござったな」

しみじみとして言った。

光右衛門は、江戸剣界の様子や剣術の流行などは、まったくといっていいほど知らなかった。知る必要がないというべきか。

己が求める剣を、この地でひたすらに求める。それが彼の信条であった。

他人が何と思おうとよい。己が満足のいく剣を求めるのが何より大事なのだという、

虎蔵、竜蔵二代にわたる信念と、それは通じるものがある。

それゆえ、二人は気が合ったのであろう。

「さりながら、虎蔵殿は確かに、父としては迷惑な男であったと思われる。剣客として、一人の男としては敬うことはできてものう……。それゆえ、そなたが父の勝手な死に背を向けてきた気持ちはようわかる。それでも、この出無精のわしが、そろそろ竜蔵殿に会わねばならぬと近頃思うていたのはな、死ぬまでに是非そなたに伝えておかねばならぬことがあったからじゃよ」

「それが、先ほどお見せくださった、型でござりまするな」

「いかにも」

「まだ続きがありそうな……」

「明日、じっくりと御覧にいれよう。わしと虎蔵殿とで、かつて上泉伊勢守が目指したであろう剣を想い、ひとつの型に収めたものじゃ。〝舞うが如《ごと》く〟そのように名付けたが、やっと辿り着いた剣の極意に、二人で時を忘れて打ち合《お》うたものじゃ」

「〝舞うが如く〟……」

ふざけた名前を付けやがって——、と心の内で笑いながら、竜蔵は、父にこの世に思い残すことはないと言わしめた極意が気になった。

虎蔵は完成を見た時、

「いつか倅にこれを伝えてやるつもりだが、おれがぽっくりといっちまったら、貴公が教えてやってくれぬか。といっても、まだまだこの型の凄みがわかるまでにはなるまいが、竜蔵はおれよりきっと強くなる。悔しいが剣の才は、奴の方が上だ。四十を過ぎた頃には大したものになっていよう。ろくでもない父親だったが、せめてこの型だけは遺してやれる。これは貴公と二人で編みだしたものだ。貴公がこれぞと見込んだ者に伝授するのは勝手だが、何卒《なにとぞ》、竜蔵にだけは……」

まるで自分の死を予測するかのように、光右衛門に願ったのだそうな。

「残念ながら、わしの弟子の中には、これを伝えてやりたいと思える者は現れなんだ。江戸のことには疎《うと》けれど、峡竜蔵の噂だけには耳を傾けていた。そろそろ江戸へ参ってそなたを訪ね、これを伝えねばならぬと思うていたが、返す返すも今日のそなたのおとないは天の思《おぼ》し召《め》しじゃ」

「真にもって……」

竜蔵は威儀を正すと、

「もう十分に馳走に与りましてござりまする。よろしければ、今から稽古をつけていただきとうござりまする」

深々と頭を下げた。

「おお、やるか……」

「はい」

二人は、闇《やみ》に黒く塗り潰《つぶ》された稽古場に出た。

底冷えがする板間の床は、氷上にいるがごとき厳しさだが、精神の冴えは一切の感覚を剣技に集中させていた。

四方に燭台《しよくだい》を立て火を灯《とも》し、二人は真剣を抜き放ち、型に没頭した。

父・虎蔵の形見、藤原長綱二尺三寸五分が、舞うがごとく青い光を放った。

無念無想の上村光右衛門は、竜蔵の背後に、二十数年前の虎蔵の姿をはっきりと見ていた。

八

三日の間、ひたすら型稽古に明け暮れた峡竜蔵は、古流〝舞うが如く〟の印可を受けた。

そして、上村光右衛門は、竜蔵を金峯山寺《きんぶせんじ》へ誘い、二人で吉野山《よしの》へ出かけた。

金峯山寺は、修験道の本山として信仰を集め、かの役小角《えんのおづの》が開基とされている。

本堂は〝蔵王堂《ざおうどう》〟として知られ、ここには三体の秘仏が安置されている。

蔵王権現と呼ばれるものである。

役小角は、衆生救済《しゆじようぐさい》のために仏の出現を祈った。すると、まず釈迦如来《しやかにょらい》が現われ、次に千手観音《せんじゆかんのん》が、さらに弥勒菩薩《みろくぼさつ》が現われた。

しかし、いずれも柔和でやさしい仏ゆえに、それでは乱れた世にあっては、衆生の心を動かすことは出来ない。もっと悪を強く打ち払うような仏を、と望んだ。

すると、地が割れ、雷が轟《とどろ》き、憤怒を顕《あら》わにした蔵王権現が現われたという。

その由緒をもって三体の秘仏は作られた。

これが、圧倒的な迫力をもって、拝する者に霊験を与える。

しかし秘仏ゆえに、なかなか拝むことなど出来ないのだが、

「わしは、いささか寺に知り人がおってな……」

秘仏が安置されている巨大な厨子《ずし》を掃除する時に、手伝うことを許されていて、その折に拝めるのだと言った。

山野を駆け、剣を鍛えた上村光右衛門である。柳生家からも、新陰流の師範として認められている彼は、大和での名士といえる。

あれこれ手を使えば、特別に参拝くらい出来るであろうが、清めることで利益を得

られるのではないかと考え、寺の者に交じって、厨子の内を上下左右に軽快に動き回り、働くのだ。

以前、虎蔵と奥儀を編み出した折も、光右衛門は虎蔵を誘って掃除に出かけた。

虎蔵に一目秘仏を見せてやりたかったのだ。

「仏像には何にも興など覚えぬわ」

虎蔵はそう言って渋ったが、

「まず拝めばわかる」

と、連れていった。

「桜も咲かぬ吉野なぞ、寒いだけではないか」

ぶつぶつぼやきながら蔵王堂に着き、いざ掃除を手伝わんとして、厨子に足を踏み入れた途端、

「こいつは、おれがいくら粋がったところでひと捻《ひね》りにされちまうなあ……」

と唸って、あれこれ手を合わせて祈りごとをするや、大張り切りで掃除に加わったという。

「光右衛門殿、こいつは好いところに連れてきてもらったよ。おれは生まれて初めて、素直な想いで仏に手を合わせることができたぜ。あの世に行っても、この権現さんに

武芸を教わるつもりさ」

そして、意気揚々と大坂へ向かったのだと、光右衛門は述懐したのである。

虎蔵を偲ぶ旅の終りに、是非この秘仏を見ておくがよいという光右衛門の気遣いが、竜蔵には嬉しかった。

是非もない。ちょうど掃除の頃にこの地を訪ねたのも、正しく虎蔵が導いたのであろう。

竜蔵は、雪が降り始めた吉野山を登り、柳生の里を出て二日目に金峯山寺に着いたのである。

寺僧は穏やかな人で、

「おお、これはまた頼もしそうな御仁を連れ来てもろうたようですね」

光右衛門が竜蔵と共に現われると、にこやかに迎えてくれた。

「わたしのような者を掃除にお加えいただき、恐悦《きようえつ》に存じまする」

竜蔵は、重々しく挨拶をした。

剣術師範として世間から期待されてよかったのは、以前よりも改まったところで、改まった挨拶がさらりと出来るようになったことである。

寺僧は、名のある剣客と見て、

「いや、そう申されますと、こき使うのが心苦しゅうなりますがな」

と、却って恐縮したものだ。

「さて、参るとしよう」

光右衛門は慣れたもので、両刀を預け、袴《はかま》の股立《ももだち》をとり、襷《たすき》を十字に綾なし、用具を手に厨子へ向かう。

竜蔵もこれに倣《なら》い、厨子に足を踏み入れてしばし絶句した。

青い仏身は、赤い髪を逆立て、真っ赤な口から牙をむき出し、太い眉《まゆ》も、鋭い目もつり上がり、ぐっと前を見据えている。

しかも巨大だ。

左尊・弥勒菩薩と、右尊・千手観音は二十尺（約六メートル）ほどもあり、中尊・釈迦如来はそれより尚三尺（約九十センチ）以上もあろうかというほどである。

弥勒菩薩は未来、千手観音は現在、釈迦如来は過去を表わすそうな。

いずれも怒っている。

怒り睨みつけることで、衆生を救わんとする姿は、それこそ峡父子《おやこ》が求めてきた剣に通じる。

竜蔵は祈ることも忘れ、ただ呆然《ぼうぜん》として権現に見入った。

何故《なぜ》かしらぬが、涙が溢れてきた。

光右衛門は、満足そうにゆったりと頷いた。

寺僧は、竜蔵の姿をにこやかに見ていたが、やがてはっと思い入れをして、

「そなた様を、どこかでお見かけしたと思いましたら、随分前に光右衛門殿が、連れて参られた剣術の先生に似ておいでじゃ。もしや御子息では……？」

と、興奮気味に言った。

「いかにも、左様にて……」

入って来るや否や、心を奪われ、涙さえ浮かべている自分に気付き、はっと我に返った竜蔵は、恥ずかしそうに応えた。

「さもありましょうぞ。あの御方も、ここへ入って来るや目に涙を浮かべて、ありがたがっておられました」

「そうでしたか……」

「いや、真におもしろい御方でござりました。掃除を手伝われる間は、随分と笑わせてもらいました。おまけに、そっとこんな物を……」

寺僧はそう言うと、厨子の端の壁と床の隙間に小指の先を差し入れて、何やら折りたたんである書付を取り出した。

「随分と時が経ってから気付きましたのやが、油断ならぬ御方じゃ。権現様に願いごとを残されていた」

本来ならば取り除いてしまうところなのだが、他ならぬ光右衛門の友人で、しかも、ただ一日で皆から好かれた虎蔵である。

そこは大目に見た。わからぬように隙間に押し込まれていては、誰の目にもつくまい。

「それに、この文言がよろしい。それゆえ、今も隙間に挟んだままにしておいたのです」

寺僧はそう言って竜蔵に、その書付を見せた。そこには、

〃我が息　竜蔵　何卒よしなに願い奉る　虎〃

とあった。

――親父め、余ほどおれが気にかかっていたと見える。

竜蔵は、さらにこみあげる涙を、構わず目から溢れさせ、曇る眼《まなこ》を、現在、過去、未来を表わす三体の仏に向けた。

そして書付を押し戴《いただ》きながら、

「虎蔵のこと、竜蔵のこと、鹿之助のこと、何卒よしなに願いまする……」

と、心から祈った。

（完）

岡本さとる×並木和也

シリーズ完結記念特別対談

直心影流 空雲会 師範

構成 石井美由貴

剣術シーンは時代小説の醍醐味《だいごみ》だ。それが剣豪小説ならば、言わずもがなである。

「新・剣客太平記」シリーズは人間ドラマの奥深さを味わわせてくれたが、その根幹となって作品を支えたのは、やはり剣豪小説としての面白さだ。

主人公・峡竜蔵が使うのは直心《じきしん》影流《かげりゅう》。江戸の剣術界において名門と謳《うた》われるこの流派の中で切《せっ》磋《さ》琢磨《たくま》することで、竜蔵という男の人間味も際立った。

自らも剣士である作者・岡本さとるは、なぜ直心影流に着目したのだろうか。

今日にその技を伝える直心影流空雲会《くううんかい》の師範・並木和也氏と直心影流の魅力、剣に生きるとはどういうことかについて語り合った。

直心影流の使い手が主人公に描かれるのは珍しい⁉

岡本さとる▼（以下、岡本）「並木さんには『剣客太平記』が漫画化される際に剣術監修でご協力をいただいたこともあり、一度お目に掛かりたいと思っていました」

並木和也▼（以下、並木）「こちらこそ、お会いできて光栄です」

岡本▼「直心影流の型をご指導いただく好機も得て、大変勉強になりました。先ほどの〝八相剣《はっそう》〟、なかなか難しいですね。僕は大学時代に剣道をやっていて、八相の構えも覚えたつもりでしたが、それとは少し違うんですね」

並木▼「流派によって八相の構えは異なります。直心影流の八相剣はまず初めに取り組む動きなんです。奥義とも言われますが、なぜかといえば、シンプルだけど最も難しいから。ゆえに、繰り返し練習して、気が付いたら身に付いていたと。そうなるのが理想ですね」

岡本▼「型は基本でもありますからね。一理あるなと思いながら教えていただきましたが、非常に新鮮でした。ところで、普段は時代小説を読まないそうですね。その理由というのが、登場する直心影流の使い手が悪役ばかりだからとか（笑）」

並木▼「多くないですか、悪役。歴史的に旗本が修めていたこともあって仕方がないのでしょうけど」

岡本▼「そうかもしれないですね。僕が初めて直心影流に触れたのは、中里介山《なかざとかいざん》の『大菩薩峠《だいぼさつとうげ》』でした。島田虎之助《しまだとらのすけ》が新徴組《しんちょうぐみ》をバッタバッタと斬《き》り倒すところの描き方がなんとも見事で、今でも心に残っています」

並木▼「しかしこの小説では、なんといっても主人公ですから。縁あって読み始めたところ、実に爽《さわ》やかな峡竜蔵という人物にすっかりハマってしまいました。泰平の世にあって〝剣俠《けんきょう》の人〟としての生き方を選ぶ姿にも魅力を感じます」

岡本▼「ありがとうございます。剣客ものを書くに当たり、どんな流派の使い手にしようか悩んだのですが、北辰一刀流《ほくしんいっとうりゅう》とか千葉《ちば》道場は、既に先人が何度も描かれていますので、いろいろ調べてみたら直心影流が面白そうだなと。それで直心影流の剣士にしたわけなんです。まぁ、いい加減なことばかり書いていると思うので、そこはご容赦《ようしゃ》いただければ」

並木▼「いや、歴史通りにとか、堅苦しく考える必要はないでしょう。小説の舞台は江戸で剣術が盛んになり、流派もたくさん生まれた頃《ころ》だと思います。書かれているように、道場によって考え方は違いますから、どれが正しいというのもあまりないんじゃないかと思いますよ」

岡本▼「そういっていただけると心強い。竜蔵が自らの道場を持って峡派を作っていくという話もうまくごまかせているでしょうか（笑）。直心影流の面白さというのは、こうしたところにあるのではないかと思うんです。竜蔵は団野《だんの》源之《げんの》進《しん》と新たな継承者を決めるべく大仕合を行いましたが、本来、直心影流は弟子の中の最も強い者を指名して道統を譲る形をとっていますよね。これが素晴らしいなぁと思うんです。他の流派だと子どもとか、家が受け継いでいくことが多いですよね」

並木▼「そのほうが残しやすいですからね。親の教えは絶対で応用は認められないものです。しかし直心影流はシステムがしっかりしていたので、道場が変わっても、派が分かれていっても共通の認識の下で続けられたのだと思います」

岡本▼「システムですか」

並木「原則と言ったほうがいいかもしれませんね。型を通して身に付くものを大事にしていましたから、多少の振れ幅があっても別モノにはならないのです。男谷精一郎《おだにせいいちろう》が、最初の構えを上段から正眼にしたときにちょっと揉《も》めたということもあったようですが、それも原則から外れるものではありませんでした」

剣術稽古の心構えと師の想い

岡本▼「もう一つ伺ってもいいですか。直心影流は防具と竹刀を使った打ち込み稽古《げいこ》を、いち早く取り入れたと言われていますね。防具での打ち合いというのは技を試すという意味ではいいけれど、実際にはどうだったのかなと。当時は日本刀ですからね。僕の剣道の先生は地稽古の時でも〝斬る〟ということを念頭に置けと言った。つまり真剣を振る気持ちでやれということなのですが」

並木▼「その意識は必要だったと聞いています。とはいえ、江戸時代末期の剣術界はすでにスポーツ化が始まっていたようで、『剣術修行の旅日記』（朝日新聞出版）という幕末の佐賀《さが》藩士の武者修行の様子をまとめた本の中で、真剣を使うことを前提としない、竹刀の軽い打ち合いを非難する内容が書かれているんです。大切なのは、何のために稽古をするのか、そのためにどのような前提で稽古をしているのかをしっかりと認識することだと思います」

岡本▼「おっしゃるとおりですね。そこに道場主でありながらも、己の剣を極めようとする竜蔵の葛藤《かっとう》も重なっていくように感じます」

並木▼「ええ。私も道場を経営する立場ですので、『新・剣客太平記』シリーズに入ってからは心当たりのある話が多いなぁと思いながら読んでいました」

岡本▼「稽古場を持つ身にはありそうなエピソードも盛り込んでますからね。唄《うた》や踊りなどもそうですが、名を馳《は》せるようなことがあれば、どこかから睨《にら》まれたり」

並木▼「だから、本当にリアルで（笑）。物心ついた頃から当たり前に稽古してきたため、いざ自分で人に教えるようになって非常に苦労しました。ですので、小説の〝年寄りを労《いたわ》るつもりの稽古〟（『師弟』より）や〝人を見て法を説く〟（『不惑』より）などの言葉にも本当に共感します」

岡本▼「細かなところまで読んでくださっているんですね。有難いです。並木さんは師として目指す理想の姿などおありですか」

並木▼「藤川弥司郎右衛門《ふじかわやじろうえもん》を非常に尊敬しています。剣術には向いていないから他の道を進むようにと三度も言われながら努力を重ね、苦労したがゆえに弟子たちのわからないところを理解し、弟子にあわせた指導をしたという逸話が残っていて、そうありたいものだと」

岡本▼「その藤川の孫を後見したのが赤石郡司兵衛《あかいしぐんじべえ》ですよね。愛弟子《まなでし》の団野源之進以外にも多くの有名な剣士を育てていて、その流れから島田虎之助も出てくるわけで。凄《すご》い人だったんだろうなと。直心影流は本当に高名な人物を輩出していますね。そうした中に峡竜蔵という男を加えさせてもらうという、なんとも勝手なことで（笑）」

並木▼「実は、峡竜蔵は私の師匠に少し似ているような気がするんです」

岡本▼「豪放磊落《ごうほうらいらく》で、自分の道を行くという方だったんですか」

並木▼「師匠の遺言は『俺を目指すな。俺の目指したところを目指せ』というものでした」

岡本▼「いい遺言ですね。まさに竜蔵を彷彿《ほうふつ》とさせます」

並木▼「ですので、教えているというより、私自身が教えを守っていこうと必死で」

岡本▼「目指す剣の高みは、まだまだ先にあると。教えていくことと自分が伸びていくことと、その間におられるんですね。けれどもそこに、日本人の精神的なものも凝縮されているように思います。武芸の素晴らしさでもありますね」

並木▼「はい。先人たちが文字通り命がけで編み出し、時代時代の変化に合わせて培われた武道、武術と呼ばれるものには、今の時代にも稽古し、習得するだけの知恵と価値が詰まっていると思います」

岡本▼「武芸は〝芸〟というだけあって、突き詰められない魅力があります。どこまでいっても完璧《かんぺき》なものができない、一〇〇点満点が取れないという面白さですよね。峡竜蔵という男の生き方を通して、その魅力が伝えられていればいいなと思っています」

並木和也（なみき・かずや）
1968年生まれ。幼少の頃より父、並木靖より直心影流剣術と日置流雪荷派弓術の指導を受ける。84年、親子の情が修行の妨げになると並木靖の弟子、川島規義を師とする。99年、川島規義の遺言により直心影流空雲会を主宰する。

直心影流 空雲会
http://kuuunkai.omiki.com/
［稽古情報］
場所は主に品川区総合体育館にて、日曜午後。
※見学は随時、稽古予定日をお問い合わせください。

時代小説文庫
お 13-21

伝説《でんせつ》 新《しん》・剣客太平記《けんかくたいへいき》㊉

著者 岡本《おかもと》さとる

2019年3月18日第一刷発行

発行者 角川春樹

発行所 株式会社 角川春樹事務所
〒102-0074 東京都千代田区九段南2-1-30 イタリア文化会館

電話 03(3263)5247[編集] 03(3263)5881[営業]

印刷・製本 中央精版印刷株式会社

フォーマット・デザイン&シンボルマーク 芦澤泰偉

ISBN978-4-7584-4236-7 C0193

http://www.kadokawaharuki.co.jp/[営業]
fanmail@kadokawaharuki.co.jp[編集] ご意見・ご感想をお寄せください。
本書は、ハルキ文庫(時代小説文庫)の書き下ろし作品です。

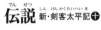